사람나무

황충상

나무소설가선 012
사람나무

1쇄 발행일 | 2025년 02월 25일

지은이 | 황충상
펴낸이 | 윤영수
펴낸곳 | 문학나무
편집 기획 | 03085 서울 종로구 동숭4나길 28-1 예일하우스 301호
이메일 | mhnmoo@hanmail.net

출판등록 | 제312-2011-000064호 1991. 1. 5.
영업 마케팅부 | 전화 | 02-302-1250, 팩스 | 02-302-1251

값 16,800원
잘못된 책은 바꾸어 드립니다

ISBN 979-11-5629-182-4 03810

사람나무

황충상 명상스마트소설

문학나무

| 작가의 말 |

웃는 사람나무여

나는 '모른다나무'라 쓰고 '안다나무'라 읽는다. 모른다와 안다의 나, 이 모순 현상이 나의 실체이면서 실체가 아닌 까닭을 나는 설명 못한다. 이 부조리를 나는 왜 무관심으로 관심할까. 굳이 사족하자면 무유를, 그러니까 없는 것과 있는 것을 융합한 관심이다.

삶은 말한다. 인과의 시간이 쌓이고 덧쌓인 그 위에 피어난 사람나무꽃은 생의 순전한 사랑이라고.

백 개의 명상스마트소설은 사람에 대한 관심을 화두로 붙잡아 생각을 덧입히고 다시 벗겨낸 이야기다. 명상의 무게와 깊이가 투명해지면 무심과 유심은 융합의 꽃을 피워낸다. 명상의 수행꽃이다. 빛과 어둠의 향을 뿜는 수행꽃은 모든 냄새를 지운다. 여자 냄새다. 남자 냄새다. 아니, 신의 냄새다까지.

냄새에 대한 설명은 아무리 잘 해도 코 끝에서 사라지는 모르는 냄새를 말할 뿐이다. 이 사라진 무형의 설명을 붙들어 명상으로 피운 수행꽃은 사람 몸 냄새 마음 냄새 다 지워버린다.

말의 허망을 이겨내기 위하여 생각을 벗고 벗은 이 글에서 누군가 명상의 몸을 보았다 말하기를 소망한다. 아마도 그 '누군가'는 '웃는 사람나무'가 아닐까. 인자 최초로 부처가 들어 보인 꽃을 보고 무심(진리)의 미소를 지은 가섭처럼 웃으려면 주어진 생이 다하도록 웃어야 한다. 웃음의 어느 순간 문득, 모른다나무는 신과 사람을 내통하고 안다나무가 되리라 믿기 때문이다.

십여 년《문학나무》에 연재하도록 명상 화두를 주신 분이 계셨다. 눈이 멀어 소리만 듣고 사신다던 무산 오현 화상이시다. 당신의『벽암록碧巖錄』'역해譯解'와 '사족蛇足'을 읽고 명상하였음을 밝히며 염송한다.

나무조오현시인님!

2025. 1. 23.

나무충상

차례

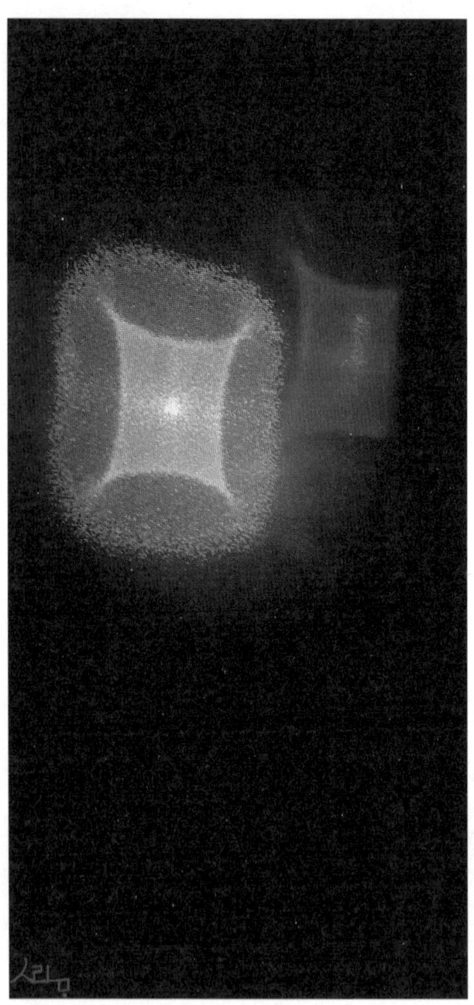

서시

사람나무
사람을 나무라 부른다
사람 속 나무
나무 속 사람
누가 대답할까
모른다
모른다나무가 웃는다

문장의 허구다
죽음처럼 모호한
이것은
모든 이것들 이름
지우고 떠난다

자라난 글이
활활 마음춤 춘다
나무사람 나무사람
염송하는
사람나무

모른다나무 _ 1

세상 어디에도 '모른다나무'는 없다. 그런데 나는 왜 그 나무가 세상 어딘가에 자라고 있다고 믿을까. 이 믿음의 생각이 나를 힘들어 하게 만든다. 믿음대로 그 나무가 자라는 것이 아니라, 초심자의 화두처럼 망상이 망상을 낳고 그 망상이 낳은 허상들이 서로 허망하다고 다투는 까닭에 나는 내가 아닌 지경을 헤매고 있다. 참으로 죽을 맛이란 이런 것이다.

'그 허상의 나무를 어떻게 이야기해야 할까.'

뿌리도 없고 가지도 없고 잎도 꽃도 열매도 없는 나무의 이야기, 나는 오히려 이 '모른다나무'에 대한 이야기를 어렵게 만들고 있는지도 모르겠다. 그렇다고 여기서 모른다나무를 모른다 할 수는 없다.

모든 생명의 이야기는 뒤죽박죽이어서 쉽지 않다. 그래서 어렵고 모호하더라도 이 이야기는 죽음 뒤쪽의 얼굴을 뚫고 지나가 진리를 대면할 수 있게 씌어져야 한다. 그러자면 아주 깊은 곳에 숨은 말을 찾아내어 말의 집을 지을 수밖에 없다. 그 말의 집 정원에서 '모른다나무'가 자라게 될지도 모르니까.

내설악 무금선원의 오현 화상에게 물었다.

"달마가 어떤 인물입니까?"

"새로운 이상한 이야기를 퍼뜨린 노망의 노인이다."

달마에 대한 거침이 없는 트인 답이었다. 그러나 이제 화상도 늙어 노파심을 드러냈다.

"선가의 화두話頭 가운데 '달마가 서쪽에서 온 뜻이 무엇인가如何是祖師西來意.' 하는 물음이 있다. 답을 아는가."

묵묵부답이자 화상은 스스로 답했다.

"세상을 뒤죽박죽으로 만들기 위해서 달마는 왔다."

그리고 오현 화상은 돌아앉아 히죽 웃었다. 그 웃음을 보는 순간 문득 나의 생각이 트였다.

'불교의 문자를 허물어버린 화두 모른다나무는 화상의 저무미한 웃음을 먹고 자랐다. 그리고 달마는 그 나무에 목을 매달았다. 그래서 화두 모른다나무를 참구하면 죽을 맛과 살 맛을 넘나들게 되는데, 그 맛이 깊어지면 죽은 달마의 맛을 통해 예수의 부활 맛을 알게 된다는 것이다.'

달마(達磨:?~528. 남인도 향지국왕 셋째 왕자. 중국 선종 초조)가 소림사 석굴에 앉아서 9년 동안 벽만 바라보다가 어느 날 헉, 하고 핵(헛)기침을 했다. 기침이 크면 기침을 해명하는 말도 과장되기 마련이다. 아무튼 그 기침이 얼마나 셌던지 계곡 한쪽이 깊이 파여 날아간 자리에 못이 생겼다. 그 못에 사람을 한입에 삼키고도 남을 큰 구렁이가 허리가 부러져 죽어가며 외쳤다.

"당신의 기침에 내 허리가 동강났소. 아예 죽여주오."

달마가 몹시 마음 아파하는 동안 구렁이는 죽었다.

'이런 몹쓸 인연이 있나.'

달마는 육신을 벗어 놓고 혼만 구렁이 속으로 들어갔다.

"네가 흙으로 돌아가기에 좋은 곳으로 데려다 주마."

그때 그곳을 지나던 사슴이 달마를 보았다. 사슴은 펄쩍 뛰며 놀랐다. 이제까지 없던 일이 벌어지고 있었다. 달마가 발 달린 뱀이 되어 못을 벗어나 날듯이 계곡에서 사라지는 것이었다.

계곡은 깊고 깊었다. 세상소리, 세상냄새, 세상맛이 없는 곳이었다. 그저 청정한 자연이었다. 그곳에 하늘을 드리운 못이 파랬다. 하늘빛 맑은 못 가에 흰 노인이 발을 씻고 있었다. 노인의 발이 길어지고 길어져서 못 속을 헤엄치다가 늙은 흰 구렁이로 형태를 바꿨다. 구렁이는 못 속 하늘을 헤엄쳐 가며 노래를 불렀다.

'저곳으로 가는 길이, 이곳으로 오는 길이다. 그 내통의 길은 하늘을 뚫고 땅으로 내려온다네.'

구렁이 꼬리가 물바람을 일으켰다. 보임 없는 바람은 물결로, 떨리는 나뭇잎으로 그렇게 오고 갔다.

'그렇구나. 멈춤이 없는 것을 영원이라 하고, 보임이 없는 것을 전지전능 무소부지라 한다.'

흰 구렁이는 못에 흰 원을 그리고 그리다가 다시 노인으로 돌아왔다. 자연의 위대한 정적이 노인을 맞았다. 계곡은 노인이 왜 흰 구렁이로 몸을 바꾸어 자연과 하나가 되는지를 침묵했다. 구렁이의 노래가 두 혓바닥에서 갈라져 이상야릇한 음색으로 푸른 바위에 스며들었다가 푸른 빛을 발해도 계곡은 그저 그 빛을 지켜 볼 뿐이었다.

'자연의 침묵은 그 자체로 만물의 답이 되었다.'

이쯤에서 달마를 세각洗脚 노인, 발 씻는 흰 구렁이, 그래도 어딘지 미심쩍으면 '모른다나무'라고 불러도 좋다.

달마가 못 가에서 발을 씻으며 중얼거렸다.

"안다. 예수가 제자들 발을 씻긴 까닭을 내가 내 발을 씻으며 비로소 안다. 손하고 발이 만나면 아주 불편할 것 같지만 그렇지 않다. 정말 발과 손은 하나처럼 다정다감한 느낌의 눈으로 저 깊은 곳까지를 본다. 계곡은 불타고 불타서 하얗다. 청년이 불타서 허연 노인이 되듯이."

계곡을 지나다 사슴이 슬픈 눈으로 발 씻는 달마를 멀건이 바라보았다.

"발 씻는 소리가 슬프냐?"

사슴에게 시비를 걸 듯 달마가 물었다. 사슴의 긴 목이 치솟고 쫑긋 귀가 섰다. 이미 사슴은 다른 소리를 듣고 있었다. 계곡 너머 절집 범종이 울었다. 달마는 고개를 끄덕였다.

"그래, 본래 없는 소리를 위로하고자(닮기 위하여) 종은 운다."

"없는 소리에게 가 안기려고 종은 신음하지요."

사슴은 달마의 말을 바꾸어 가슴에 새기고 시선을 낮추었다. 흰 구렁이의 발이 보였다.

'아, 달마도 용을 꿈꾸는가?'

천기누설을 보는 사슴의 눈이 밝고 맑은 빛을 뿜었다.

'용 말고 발 달린 뱀은 없다.'

아무렴, 달마는 용이었다. 달마가 없는 발을 씻는 동안 용이 와서 달마를 먹어버린 것이었다.

계곡은 찼다. 눈발이 날렸다. 밤새 쌓인 눈밭에서 흰 용이 춤을 췄다.

"네가 달마냐?"

말이 없다. 달마를 모른다는 뜻일까. 글쎄다. 참말로 모른다는 것이, 그놈의 '모른다나무'가 있기나 한가.

'세상만사가 있는 것 속으로 없는 것이 들어가고, 없는 것 속에서 있는 것이 나온다.'

그래서 '모른다나무'에 목을 매단 달마는 어제도 오늘도 내일도 모르고 몰라서 앎을 뚫고 지나갔다. 가서? 예수의 부활을 만났다.

참 뚝뚝스럽다 _ 2

불을 본다
핏속 어둠의 바알간 꽃이다
꽃은
힘이다

하늘의 힘
내린다
눈부신 소리로
소리꽃
흰

눈이다

어줍은 시구로 시작되는 이 글은 조주(趙州:778~897. 중국 산동성 조주부 출신 승려) 화상의 '명백함도 필요없다'고 한 말에 가까워지기 위함이다.

불은 밝고 뜨겁다가 흰 꽃으로 진다. 인생도 마찬가지다. 들끓던 피가 타버리면 백발, 싸늘한 백골이 된다. 그렇게 불은 모든 있는 것을 있다는 것의 끝까지 데려다 준다. 이 시작이면서 끝인 명백함, 불의 일은 누구도 더 이상 말할 필요가 없다는 데서 지론이 생겨난다.

"그래서 불을, 힘을, 숨 쉬는 기를 말하지 않을 수 있는 것이 어렵다. 아니할 수 있는 이것. 사람이 할 수 있는 것 중 가장 어려운 수행이다."

그리고 조주 화상은 말을 이었다.

"도는 어렵지 않다. 입 다물 줄만 알면 절하고 물러가다가 깨닫는다."

하나 아는 놈은 어쩌다 없는 듯 있고, 모르는 놈 천지다. 세상엔 모를수록 안다고 외치는 미친놈들뿐이다. 이념이다, 종교다, 가치다를 외치는 놈들 모두 다 참 똑똑스럽다. 정말 그럴까. 여기에 오현 화상의『벽암록』'사족'이 끼어들면 없는 것이 있는 재미의 꽃을 피운다. 상상의 자유 속에서 화상의 사족은 해학의 꽃을 들어 보인다. 웃을 사람만 웃으라는 것이다.

'인간의 불행은 자기중심의 아집에 빠지는 데서 생긴다. 세상을 살면서 갈등하고 투쟁하는 것은 자기중심의 아집 때문이다. 그래서 불교에서는 아집을 버려야 한다고 말한다. 그러나 아집을 버리라는 주장이 이념화되면 사람은 다시 거기에 매달린다. 이데올로기가 그렇고 종교가 그렇다.'

눈밭의 흰 구렁이가 오현 화상의 인용한 말을 듣고 불을 토한다. 눈이 녹고 검은 대지에 흰 구렁이의 모습이 명백하다. 발 달린 흰 구렁이, 이것이 명백이다. 구렁이의 발을 보았다는 것이다. 그런데 조주 화상은 이것을 필요 없는 것이라고 딱 잘라 말했다. 그 까닭은 여러 모양으로 말할 수 있다. 그중 조주 화상은 말하지 않는 것으로 말했다. 침묵의 껍질로 지혜를 매친 것이다.

이제 '명백이 필요 없다'는 말을 알 것 같은가.

"말해 보라."

"눈밭을 지나가는 사람은 많았지만 아무도 흰 구렁이를 보지 못했다."

다시 오현 화상의 '사족'은 이른다.

'도에 이르는 것은 어렵지 않다. 오직 간택하는 것을 꺼리고 안 하면 된다.'

이 인용은 승찬(僧璨:?~606. 중국 선종의 제3조) 대사의 『신심명信心銘』 첫 구절에 나오는 말이다. 간택이란 '분별하고 따지는 것' 그 버릇만 없애면 간단하게 도에 이른다는 가르침이다. 따라서 간택의 반대말 명백은 도道 자체라고 해도 좋다.

발 달린 흰 구렁이가 도에 이르고자 눈밭에서 춤을 춘다. 춤추는 흰 구렁이가 보이는가.

바람이 구렁이 발자국을 지우고 춤추는 흰 구렁이는 안 보이고 눈밭에는 눈뿐이다. 눈뜬 맹인이 이를 보고 고개를 끄덕이며 말한다.

"그래, 이것이다. 눈 감고 보아야 보인다. 춤추는 흰 뱀의 형상이 명백이다."

사족이 사족을 자른다.

"참 똑똑스럽다. 그만 절이나 하고 물러가 발 씻고 자거라."

해를 먹으면 해를 낳는다. 만고 진리다. 그런데 어둠이 어둠을 먹으면 밝음이 된다는 소리는 뭘까. 밤 속에 낮이 있고, 낮 속에 밤이 있다는 확인이다.

밤이 대낮에게 외쳤다.

"어떻게 밝은 낮을 어둔 밤이라 하느냐?"

"서서히 아주 서서히 밤을 먹고 낮이 되었거든."

여자가 남자에게 은밀히 낮은 음성으로 속삭였다.

"오늘 밤 내가 너를 먹는다."

"그래, 서서히 아주 서서히 먹히는 거지."

아침에 남자는 여자가 되어 있었다. 먹고 먹히고 낳고 낳은 이것이 명백이다.

숨 안 쉬는 것 좋다 _ 3

문학은 숨 안 쉬는 것처럼 할 수 있어야 한다. 스승은 그에게 소설을 그렇게 가르치고 그는 그 소설을 배우면서 스승과 원수가 되었다. 스승과 원수가 되다니, 말이 안 되면서 된다. 스승이 그의 창작 중심에 대못을 박았기 때문이다.

"이것은 진짜 너의 글이 아니다. 가짜다. 진짜를 가져 오너라."

쓰는 글마다 그는 스승의 자로 후려침을 당했다. 가짜를 가르치고 진짜를 내놓으란 말이 그를 눈멀게 하였다. 기가 꺾이고 주눅들 때마다 그는 반항으로 일어섰다. 그리고 그 반항이 마침내는 스승의 기를 꺾고 그의 주눅을 스승이 뒤집어쓰게

했다. 그렇게 스승과 원수가 되어서야 그는 글쟁이로 불렸다.

스승을 밟고 지나온 그의 힘은 창작의 삶을 불꽃으로 바꿨다. 아무런 눈치 보지 않고 그는 소설만 썼다. 오로지 글만 먹고 글똥을 누는 작가의 생이었다. 그 결과 그는 소설로 빵도 집도 사람도 사서 부렸다. 소위 베스트셀러 작가군에 든 것이었다. 그는 서울과 지방에 집필실을 두고 언제든지 마음이 가고자 하는 곳에서 창작에 몰두하며 그야말로 글쟁이의 자유를 누렸다.

까마득히 잊고 살았던 스승이 병상에 누웠다는 소식에 그는 회한에 사로잡혔다. 가차 없이 스승을 밟고 지나갔던 날들, 그는 새삼 철든 마음으로 스승을 찾았다. 스승은 힘든 몸인데도 일어나 그를 맞았다.

"아주 오랜만이다."

큰절을 올리고 그는 무릎을 꿇었다.

"불편한데 편히 앉아."

"어디가 많이 편찮으신가요?"

"마조 화상의 '일면불 월면불'이라는 화두에 답이 있다. 너에게 그 말의 참뜻을 전하고 싶은데….”

'그놈의 이심전심은 여전하십니다.'

그의 잠자던 다혈질이 불끈 솟구쳤다. 실로 오랜만에 느껴 보는 반항심이었다. 그런데 웬일로 그는 그 혈기를 공손한 말로 바꿨다.

“말씀하시지요. 마음 깊이 새기겠습니다.”

스승은 말 대신 희미한 웃음을 입가에 흘렸다. 그 웃음이 그의 비위를 사정없이 뒤집고 휘저었다. 아직도 그를 글쟁이 제자로 인가 못하는 스승의 웃음이었다. 웃음이 스러진 스승의 얼굴에 잠시 그늘이 지나갔다.

'너에게 꽃을 들어 보이기에는 아직도 일러.'

그의 심중을 꿰뚫는 스승의 마음을 그는 읽어냈다. 스승도 그의 마음을 읽고 무겁게 입을 열었다.

“바쁠 텐데 고맙구먼. 마음은 편한데 육신이 아주 힘들어. 그만 가는 것이 좋겠다. 일면불 월면불 이야기야 해도 그만 안 해도 그만, 이미 네 마음에 있는 이야기니까 홀로 새겨 보아.”

문병에서 돌아온 그는 『벽암록』 3측 '마조일면불월면불馬祖日面佛月面佛'을 펼쳤다. 오현 화상의 '사족'이 가슴에 와 박혔다.

'병문안 온 원주에게 마조(馬祖:709~788. 중국 사천의 한주 출신 승려) 화상이 '일면불 월면불' 한 것은 무슨 뜻인가. 일면 부처님의 수명은 8천1백 세, 월면 부처님의 수명은 하루 낮과 하루 밤이다. 이에서 건강을 묻는 답이 '일면불 월면불'이라니 아마도 '걱정하지 마라. 오늘 죽어도 좋고 내일 죽어도 좋다'는 뜻이지 싶다. 이것이 마조 화상의 생명에 대한 참 생각이다.

우리가 아등바등 살아가는 것은 무엇 때문인가. '죽어서 극낙보다는 지옥 같더라도 살아 있는 이승이 낫다.'는 것이 우리들의 욕망이다. 이 욕망 때문에 험한 말도 주고받는 것이며, 어려운 고난도 참아내는 것이다. 내일 죽는다면 황제의 권력이 무슨 소용이며 부자의 호사가 무슨 소용이겠는가. 실로 살겠다는 의지와 욕망은 인생의 원동력이다. 그러나 한편으로 그 욕망이 지나치면 모든 불행이 여기서 싹튼다. 구속의 부자유도 여기서 생긴다. 선은 여기서 자유롭고자 한다. 생사에서만 자유로우면 어떤 일에서

도 자유롭지 않을 것이 없다.'

비로소 그는 '일면불 월면불'로 계시는 스승에게 머리를 조아렸다.

"그래, 생명은 오늘 죽어도 좋고 내일 죽어도 좋다는 마음일 때 본 모습이 보인다."

다시 그의 마음속에 스승의 말씀이 울려 퍼졌다.

"숨 안 쉬는 것 참 좋다."

그는 비로소 숨 쉬면서 안 쉬는 거짓말 속 참말에 절했다.

없다 없다 _ 4

이것은 그것의
마음에 흘러들어가서
다시 이것의
마음으로 돌아온다

없다 없다
덕산이 소리지르는
까닭이 이것이다

푸른 돌의 백 가지 말씀이

사실은 모두
없다 없다의 노래이다

조계사 법당 문턱이 높아
덕산이 넘어지고
소리 없는 부처의 웃음에
또 덕산이 나뒹굴고

있다 있다
내가 있고 네가 있다
발 달린 뱀의 노래

저것은 사람인가 뱀인가. 사람이다 하면 몸을 뱀으로 바꾸고, 뱀이다 하면 사람으로 몸을 바꾸는 사람뱀이 있었다. 변신이 자유로운 사람뱀이 조계사 대웅전 앞 탑돌이를 하다 너울너울 춤을 추며 뱀으로 몸을 바꿨다.

덕산(德山:780~865. 중국 검남 출신 승려) 스님이 뱀에게 다가갔다.

"이놈이, 또 누구를 물어 죽이려고."

스님은 뱀 모가지를 비틀어 바랑 속에 넣어버렸다. 그리고 아무 일도 없었다는 듯 잠시 대웅전 부처를 물끄러미 바라보다가 한숨을 내쉬고 인사동을 향해 발걸음을 놓았다.

뱀이 우글거리는 인사동 네거리, 스님의 손이 바랑 속으로 들어가 뱀 모가지를 거머쥐었다.

"이놈아, 저 뱀들이 너를 알아볼까."

스님은 염불하듯 중얼거리며 뱀을 꺼내들었다.

"이 뱀으로 말할 것 같으면, 어떤 악이든 어떤 선이든 물어 죽이고야 마는 지독한 독을 지닌 놈이오. 저 가을 들판에서 이미 여러 독뱀을 물어 죽임으로써 독에 대한 시험을 끝내고 이제 사람을 물어 죽이려 나온 놈이란 말이오. 자, 이놈에게 물려 죽지 않을 사람 있으면 나와 보시오."

백주에 중놈이 술주정을 하나 싶은 눈으로 스님을 바라보고 바라보던 무스로 머리카락을 곧추세운 청년이 씽긋 웃고 냉큼 앞으로 나섰다.

"나는 안 죽어."

청년이 불쑥 팔을 내밀었다. 스님이 멍한 눈으로 뱀을 내려다보고 청년을 건너다보았다.

"어느 쪽이 사람이고, 어느 쪽이 뱀이냐?"

뱀을 바라보면 그 심장에 사람이 있고, 사람을 바라보면 그 심장에 뱀이 들어 있다.

'어허, 이럴 수가. 이 두 뱀을 위하여 분별을 놓아버리자, 거머쥘 줄만 알았던 손이 부끄럽다.'

스님은 뱀 모가지를 놓아버렸다. 순간 뱀이 청년의 팔을 물고 늘어졌다. 전혀 상상할 수 없는 일이 벌어졌다. 청년은 눈도 깜박하지 않고 멀쩡했고, 오히려 놀란 뱀이 달아나기에 바빴다. 달아나는 뱀을 향해 덕산 스님이 외쳤다.

"없다 없다!"

아무렴 뱀은 발이 없고 말구. 그런데 누구나 뱀을 보고 발이 '없다 없다' 하면서도 꼭 사족을 달았다.

손 이야기 _ 5

이것은 작은 발
작은 손
낮아지는 발
낮아지는 손 이야기다

발은 손을 밟고
손은 발을 잡고
서로 힘이 세다 한다

아마도 그렇다

예수의 손은 베드로의 발이
베드로의 발은
예수의 손이 되었다

일천 백 년 전 설봉(雪峰:822~908. 중국 천주 출신 승려)이란 스님이 있었다. 그의 손은 아주 작았다. 누가 보았기에 그 작다는 손이 얼마나 작았는지 안단 말인가. 좁쌀을 움켜쥐었다는 표현으로 그 크기를 짐작하시라.

짐작한다는 것은 마음의 일이다. 마음이 크면 크게 볼 것이요, 작으면 작게 볼 것이다. 아무튼 크든 작든 실상을 보아야 한다. 상상이 정직하지 않으면 웃음 사는 허상을 보고 만다. 그래서 상상은 상상을 낳고 상상으로 스러지든가 일어선다.

"온 세상을 움켜쥐어도 그 크기가 좁쌀만 하다."

이 말은 언어의 폭력이다. 큰 것 작게 보기, 정상적인 것을 신비한 마술로 뒤집는 주술적인 말잔치에 통용되는 말이다. 믿음 가지고 무형을 보는 이 힘의 말은 인간이 신적이기를 바란다.

상징 언어의 의미가 유장한 까닭은, 신의 몸에 사람 얼굴을 사람 몸에 신의 얼굴을 바꿔 달아 서로 바라보며 몸 이야기를 하다보면 신이 사람을 혼돈하고, 사람이 신을 혼돈하기 때문이다.

몸으로도 얼굴로도 끝이 없는 이야기, 상상의 웃음을 낳고 스러지는 말이 아니라 환상으로 일어서는 말은 진짜 이야기가 된다. 그래서 좁쌀이 우주로 바뀌면서 설봉 스님의 거대한 마음의 손이 나타났다. 제3의 답이 나온 것이다.

'손이 마음이다.'

뼈꽃 _ 6

절집 운문(雲門:864~949. 중국 절강성 가흥 출신 승려) 노장은 항상 웃는 얼굴이었다. 비가 오나 눈이 오나 노장의 웃는 얼굴에서는 흰 빛이 솟았다. 어느 날 노장은 그의 문도들에게 물었다.

"내 얼굴에서 흰 빛이 솟는 까닭이 무엇이냐?"

아무도 대답이 없자 노장이 스스로 답했다.

"뼈가 젊었을 때는 열정에 끌려 다니느라 붉은 빛을 내고, 이제 뼈가 늙어서 웃느라 흰 빛을 발한다."

이 말은 노장이 생을 마치고(입적) 화장한(다비식) 다음 뼈를 모을 때(사리 수습) 증명되었다. 노장의 타고 남은 뼈가 영롱한 빛을 뿜어냈다. 시자는 노장의 법문을 염송하며 뼈 중의 뼈 사리를 수습했다.

다음은 '날마다 좋은 날' 노장이 문도들에게 설한 아포리즘적 법문이다.

'해가 뜨고 놀이 지고 밤이 왔다. 해를 먹은 밤은 아침을 낳고 해의 아내가 된다. 밝은 것과 어둠의 합일, 이것이 날마다 좋은 날이다. 먹히고 낳는 산고 없이 날은 밝지 않는다. 날마다 해산의 기쁨으로 날은 생명의 꽃을 피운다.'

마음이 울울한 아침에 여자에게서 전화가 왔다. 지난 밤 남자의 품을 빠져나가며 울었던 여자의 음성은 명랑하다. 행복해서 울었어요. 묻지도 않은 해명을 한다. 이것이 이심전심이다. 남자의 가슴에 말이 샘솟는다.

'아, 어째서 여자의 마음에 남자의 마음이 물들까.'

이것이 일상의 화두다. 말씀의 머리, 그 속에 든 이야기를 꺼내어 이야기하는 마음을 아는 것이 화두를 깨치는 일이라 했다.

날마다 좋은 날, 여자는 남자의 마음을 읽고, 남자는 여자의 마음을 읽었다. 마음 읽는 소리가 서로 지겨워 여자 속에서 남자가, 남자 속에서 여자가 튀어나왔다. 그리고 여자는 남자의 품에서 웃고, 남자는 여자의 품에서 울었다.

본디 해는 밤을 마시고 그 밝음의 빛을 발하고, 밤은 해를 먹고 타버린 어둠으로 있다. 그것이 자연이다. 해는 해 홀로 있지 않고, 밤은 밤 홀로 있지 않다. 자연은 모두와 함께 있다. 그리하여 함께 있다는 것은 숨어 편한 것, 편하면 보이지 않는다. 해에게서 밤이 보이지 않고, 밤에게서 해가 보이지 않는 이치가 그것이다.

있으면서 보이지 않는 것이 진짜 분별을 낳는다. 그것이 자연이다. 자궁 속 어린 눈이 편한 까닭은 어머니의 눈을 빌어 자연을 보기 때문이다. 원초적으로 어머니의 눈은 자연을 볼 줄 안다. 그래서 보살은 이른다. 자연의 거울은 물들지 않는 실상을 비춘다. 그 현상을 어머니가 본다는 것이다.

자연 그대로 어머니의 눈은 자궁 속 어린 눈에게 보임을 보여준다. 그리고 마침내 어린 눈은 홀로 보기에 이른다.

불꽃에 찔린 눈이 운다. 아픔과 기쁨의 눈물이 흐른다. 여자 속의 남자가 기쁨을 깨물고, 남자 속의 여자가 슬픔을 토악질할 때 눈물이 생겨난다. 이 이치로 따져 하나의 답을 보게 된다.

'여자 속에 남자가, 남자 속에 여자가 있어 사람은 항상 두 웃음을 웃는다. 그러나 알고 보면 모든 웃음은 한 웃음이다.'

그래서 날마다 좋은 날의 웃음 속에는 울음이, 울음 속에는 웃음이 있게 된다.

날마다 좋은 날에, 그렇다는 것이다.

시인이 무엇이냐 시가 히죽 웃었다 _ 7

무엇이 무엇이냐고 묻고 그 답하는 것으로 공부가 된다고 생각한다. 무미한 생각이다. 그런 답에 머무는 공부는 공부가 아니다. 특히 문학에 있어 그것이 시詩 공부일 경우 더욱 자유로와서 걸림이 없어야 한다는 것이다. '하나의 답을 팔만사천 가지로 말할 수 있는 자유의 답이 문학이다.' 하고 시인은 시를 써야 한다. 그래서 답은 하난데 여러 생각이 복잡할 때 시인은 그 답을 위하여 생각을 뒤엎어버린다. 그리고 무슨 물음이든 도마뱀이 제 꼬리 자르듯 물음을 잘라낸다.

오현이 지용 시인에게 물었다

여쭙니다 무엇이 시인입니까

지용이 답했다

당신이 오현이오

오현 스님이 '지용문학상'을 받았다는 소식이 전해졌다. 문득 법안(法眼:885~958. 중국 절강성 여항 출신 승려) 화상과 혜초(慧超:?~979. 중국 산동성 조주 출신 승려) 스님의 선문답이 생각났다. '무엇이 부처냐'고 묻고, '네가 바로 혜초'라는 답이 나왔다. 우문현답의 텍스트가 사람 머리를 가르고 그 속에 무엇이 들어 있는가를 보여 준다. 머리 저 골수에 부처가 들어 있다. 그래서 나와 너는 모른다를 지나서 안다는 것에 이른다.

'내가 나를 모른다, 네가 너를 모른다.'

사람은 어리석어 자신이 얼마나 지적인 존재인지를 모른다. 그런 사람들에게 법안 화상은 '당신 머릿속에 부처가 들어 있다.'고 일러주었다.

절집에 모신 불상 머리를 자르고, 내 머리를 잘라다 붙이는 이야기는 자칫 자만과 오류 투성이로 해석되기 쉽다. 초월과 상상의 형상도 나라는 실상의 마스코트가 아니던가. 실로 그렇고 그런 것이다. 불상에 금물을 입히는 것, 탤런트가 옷을 모양 나게 입는 것이 그렇고, 이름 석 자 세상에 퍼뜨리려고 별놈의 짓을 다 하는 것이 그렇다. 그놈의 '나'라는 생각이 정치, 경제, 문화, 철학, 예술, 신앙을 미치고 그르치게 만든다. 그 분야에서 일가를 이뤘다는 사람들까지 모두 자신의 헛개비에 취해 산다는 것이다.

명성이 하늘을 찌르는 모 시인 문하에 고금이라는 사람이 있었다. 그는 한때 시에 대한 예가 지극했다. 참 시를 만나고자 목욕재개하고 알몸으로 책상 앞에 앉자 울기도 하였다. 그리하여 마침내 그는 모 시인 생전에 시 소식했다고 인가를 받았다. 그런 그가 다시 그 시 소식을 노벨문학상으로 재인가 받고 싶어 어줍잖은 미소로 자신을 속이고 속였다. 그것이 어느 날 문득 진짜 시 소식했다는 자각을 일으켜 노벨문학상을 보이콧한다는 소식으로 들려오지 않을까. 어디까지나 이것은 시적 상상이다. 아무튼 글쎄다 하고 지켜볼밖에.

싸르트르는 오른쪽을 보기 위해 왼쪽을 보았다. 그 지독한 사시야 말로 노벨문학상을 헌신짝 보듯 하였다. 꼭 그랬을까 만은, 현상은 아무래도 그랬다. 마음이 복잡할 때는 아무것도 보지 않는 것이 상책이라고 사시가 싸르드르를 기르친 것이다. 보봐아르를 보면서 그 뒤쪽 다른 여자를 보는 사시의 진면목은 그렇듯 아무도 못 보는 그것을 보았다. 그것이라는 헛것을 사시는 지금도 보고 있다.

이제 지용이 오현 시인에게 물었다
시인이 무엇인가요
오현은 무심한 눈으로 지용을 바라보다가 히죽 웃었다
지용도 벌쭉 웃었다

웃는 것은 자연이고 도다. 시가 하는 말이다.

만해는 없다 _ 8

만해 스님이 환생하여 백담사 만해마을에서 상을 주고 축하판을 벌인다며 초청장이 왔다. 그는 망설이고 망설이다가 만해 스님 법안이나 뵙자며 그곳에 갔다.

'아하, 과연 만해로다!'

시상 현장은 인산인해를 이뤘다.

'만나는 일이 이래서 부질없다 하였는가.'

그는 만해 스님 문학 정기를 먼 눈길로 살피며 시상식장 길목을 지켜보았다. 만해라는 상패와 상금이 현수막으로 펄럭였다. 돈의 깃발이 문학을 가르쳤다. 만해상 수상자 친견하고자 온 사람들이 줄을 이었다. 그 긴 행렬이 그를 밀쳐냈다.

그는 자리를 옮겼다. 만해마을 옆으로 흐르는 냇가에서 그는 수석을 하며 만해 스님이 산책 나오기를 기다렸다. 만해 스님을 사모하는 시간은 물에 스며들고 돌에도 스며들었다. 그렇게 기다리고 기다리고 기다려도 여전히 만해 스님은 나타나지 않았다.

얼마나 기다렸는가는 그의 눈썹이 말했다. 밀생한 눈썹이 몽땅 빠져버렸다. 이 현상은 기다리는 시간이 너무 오래라는 해석과 거짓말에 대한 인과라는 해석으로 나뉘었다.

아무렴 이제 그는 그 눈썹에 대한 바른 해석을 해야 한다. 베케트처럼 지금도 고도는 오고 있다는 둥, 그의 눈썹이 왜 빠졌는지 그 현상을 글로 그려야 하는 것이다.

그는 바짓가랑이를 걷고 흐르는 시냇물 속으로 들어가 만해 닮은 돌 하나를 주워들었다.

"물속에서 만해로 보이다가 물 밖에서 만해가 아닌 까닭이 무엇이냐?"

그는 돌에게 물었다. 돌이 답했다.

"양수 속에서 아이는 순진무구하였다. 그 아이가 양수를 뒤집어쓰고 어미 뱃속에서 빠져나오면 오로지 세상의 냄새가 나는 아이가 되고 만다."

물의 정화, 그가 속으로 뇌이자 다시 돌이 말했다.

"오메 나 죽어, 아이고 내 새끼!"

어미가 내지르는 소리는 소유의 아픔이다. 이 소유의 아픔을 아이도 세상을 거머쥐며 어미처럼 슬프게 울어야 한다. 그렇듯 물 밖의 돌은 이미 만해를 닮았어도 만해의 맛을 못 낸다. 눈썹이 없는 만해, 오지도 가지도 않는 만해는 무맛으로 영원하다.

비로소 만해 스님이 조용히 그의 마음에 스며들어왔다.

"그만 버리거라. 손에 든 것 무겁다. 그것이 만해상이든 만해축전이든 만해의 눈썹이든 놓아버려."

아마도 이제 그는 베케트가 고도를 기다리 듯, 만해를 기다릴 줄 알게 되나 보다. 그래서 만해마을에 가서 만해를 버리고 왔다는 이야기는 두고두고 아름다울 것이다.

눈썹이 빠지도록.

빛의 네 구멍 _ 9

태양 빛은 매일 새롭다. 그 빛이 80년을 넘보는 후명을 스쳐 지나가고 있다. 내가 후명에게 물었다.

"그대 얼굴에 쌓인 생의 빛 얼마나 두터운가?"

그의 얼굴에 어떤 그림자가 스치고 지나갔다. 그는 고개를 돌려 옆에 앉은 제자를 빤히 바라보다가 일렀다.

"네가 대답해라. 지금은 네가 나다."

그 스승에게 그 제자라는 말은 맞기도 하고 틀릴 수도 있다. 나는 긴장했다. 후명의 문도 중에는 글로 사람을 낳는다 하기에 이른 여러 소설가가 있다. 오늘 또 한 제자를 인가하지 싶은 것이었다. 제자의 눈이 반짝 빛나고 입이 열렸다.

"우리 선생님 얼굴의 빛은 눈 코 귀 입이에요."

이 무슨 선문 선답인가. 나는 당황했다. 그의 음색이 후명의 눈 코 귀 입에서 빛으로 새어 나왔다.

그것이었다. 빛의 두께는 소리의 두께라는 것이었다. 나는 오랜 동안 그의 곁에 있었다. 그리고 그에게서 떠나왔다고 착각했다. 이제 나는 떠남의 화두를 비로소 내려놓을 수 있게 되었다. 확연해진 화두를 글로 그릴 수 있기에 그렇다는 것이다.

나는 후명에게 바꿔 물었다.

"어떤 것이 후명의 모습인가?"

후명은 부드럽고 따뜻하게 대답했다.

"눈 코 귀 입, 네 구멍이라네."

나는 후명에게서 그의 말대로 빛의 네 구멍을 보았다. 처음에 여섯 구멍이던 이목구비가 마침내 네 구멍으로 보인 것이었다.

그럼에도 불구하고 나는 다시 화두를 붙들어야 하리. 화두는 참 좋은 것이다. 제대로만 붙들면 누구에게나 화두는 거울이 되기에 그렇다.

'내 구멍이, 네 구멍이다.'

조주 선사가 어떤 것이 조주냐고 묻자, "동문 서문 남문 북문이다." 한 그 말이 후명의 네 구멍과 서로 다르지 않다하기까지, 이놈의 화두를 끌어안고 뒹굴어야 한다.

'네 구멍이, 동문 서문 남문 북문이다.'

내 거울에 와서 후명이 얼굴을 본다. 그러고 묻는다.

"나는 이제 어느 문으로 나가야 하나?"

답이 없는 물음이다. 거울인 나와 거울에 비친 후명이 서로 "너에게 묻는 거야." 할 뿐이다. 그러다 문득 후명은 어느 문으로 빠져 나갔다.

오늘도 나는 참구한다.

'그가 나선 문은 어느 문일까?'

헛기침 _ 10

오현 스님은 불가의 선문에서 '꽥' 소리를 지르는 까닭을 간단명료하게 설명했다. '문자에 속지 말라는 뜻으로 꽥 소리를 지른다.'는 것이다. '붉은 해'는 진짜 '흰 해'일 수도 있다. 흰 바탕이 가장 극명하게 붉은 것을 보여주고 붉은 바탕의 흰 빛은 불꽃보다 강도가 높기 때문이다.

중국의 선사들은 불완전한 언어의 한계를 뛰어넘어 진리를 설명하고 이해하는 방법의 하나로 '할喝'을 창안해 냈다. 갑자기 꽥 소리 지르고 시치미 뚝 따는 것. 이 소리에 의미가 있는가. 있다 해도, 없다 해도 따귀를 맞는다. 그래서 '꽥'하고 외마디로 내지르는 한마디는 개념화된 지금까지의 언어를 초월해 서로간의 의사를 소통하게 한다는 것이다.

소설을 쓰면서도 그 일에 회의적인 사람이 전혀 입장이 다른 소설가를 만났다. 그야말로 책이 많이 팔려 인세를 주체할 수 없다고 소문난 소설가를 만난 것이었다. 소문난 소설가는 물었다.

"작품을 쓰고 계신다는 애기는 들었습니다. 잘 돼 가십니까?"

회의적인 사람이 야릇한 웃음을 보이다가 '꽥' 소리를 지르듯 헛기침을 했다. 소문난 사람의 가슴에 그 헛기침이 날아와 박혔다. 가슴이 뻐근하고 아팠다. 헛기침이 상징하는 의미를 그는 스스로 새겼다.

'아하, 이 자가 큰 소설을 준비하고 있구나.'

이 생각은 아주 자연스러운 것이었다. 한때 회의적인 사람의 소설이 소문난 사람의 소설에게 깨우침을 주었기 때문이었다.

"침묵이 긴 만큼 좋은 소설을 보이시겠지요?"

회의적인 사람이 다시 '꽥' 소리를 지르듯 헛기침을 했다.

'하긴 이따위 말은 헛기침에 다름 아니다. 글은, 아니 소설은 좋고 나쁨, 크고 작은 것으로 이야기될 수 없다. 그저 소설

은 소설일 뿐이다.'

이 평상심이 소문난 사람의 소설지론이었다. 소문난 사람은 면구스러워졌다. 그는 회의적인 사람에게 목례를 보내고 돌아섰다.

그때 또다시 회의적인 사람의 헛기침이 날아와 소문난 사람의 목덜미에 박혔다. 소문난 사람은 목덜미를 감싸 쥐고 자기에게 물었다.

"이 헛기침의 참 뜻이 무엇이냐?"

그리고 스스로 대답했다.

"사기 치지 마라다!"

순간 소문난 사람의 입에서 '꽥' 소리를 지르듯 헛기침이 튀어나왔다. 소문난 사람은 자기 기침에 놀라 뒤돌아보았다. 회의적인 사람이 목덜미를 만지며 이상야릇한 웃음을 웃어 보였다.

"아하!"

비로소 소문난 사람은 이상야릇한 웃음의 꽃을 보았다. 소설이 무엇인지 그 형상이 보인 것이었다.

"그렇다. 소설은 사기다."

그 사사로운 기운이 일으키는 뜬구름 잡는 이야기꽃.

집착이 보인다 _ 11

세상이 막장에 와버렸다. 물질이 만능이다. 보이는 것이 모두 물질의 힘을 낸다. 정신이 설 자리가 없다. 종교의 신음 소리가 하늘을 찌르는 세상. 성직자는 많은데 참 성직자는 드물다. 땅에 떨어진 교권을 스승과 제자가 함께 짓밟는 세상. 유구무언으로 눈만 살아서 나는 너를 보고 너는 나를 본다. 제발 집착하지 말자. 사랑이 싹틀라. 욕망이 속삭인다.

도처의 말세현상을 그대로 그리기가 무섭다. 아이가 아이를 낳고 그 아이가 무서워 유기하는 세상. 아이 어미의 울음은 끝났다. 무슨 놈의 피에타냐, 예수 어미는 죽었다. 아이 어른 없이 미친 노래를 부르고 그 장단에 춤을 춘다.

도저히 그릴 수 없는 그림들.

아들이 아비의 황금에 눈이 멀어 궁리 끝에 지옥의 도끼를 가져다 아비와 형의 목을 베 버렸다. 폐륜은 끝이 없다. 머리 없는 아비의 목에 형의 머리를 올려놓고, 머리 없는 형의 목에 아비의 머리를 놓아 현장검증을 받는 세상. 이미 이생이 진짜 지옥이다. 북한 인민공화국이 핵을 날려 말세를 치유시킬 거라는 아닌 희망을 믿는 사람들도 많다. 핵 놀음은 지금까지의 놀음하고는 다르다. 이 현상을 깨는 이가 참 스승인데 눈을 씻고 찾아도 스승은 없다.

오현 화상이 『벽암록』에 '사족'으로 그린 한 선승이 떠오른다. 구슬 같은 혹이 이마에서 번뜩이고 7척 키에 기골이 장대한 황벽(黃檗:?~850 복주 출신의 중국 스님) 선사.

그가 스승 중 스승으로 회자되는 유명한 일화가 있다. 당나라 선종宣宗이 제위에 오르기 전 출가하여 법명 대중 수좌로 불리며 공부하고 있을 때였다.

어느 날 황 선사가 불전에 예배를 드리는데 대중 수좌가 거양하듯 물었다.

"부처에게도 법에도 대중에게도 집착하지 말라 하시며 무엇 때문에 예배를 드립니까?"

"부처에게도 법에도 대중에게도 집착하지 않고 예배를 드리고 있소."

"집착하지 않으면 됐지, 무엇 때문에 예배는…."

황 선사가 벌떡 일어나 대중 수좌의 따귀를 후려쳤다. 수좌의 눈에 불똥이 튀고 항변의 입이 열렸다.

"이 난폭한 자가!"

"이 경우에 난폭 친절을 따지다니, 멀어도 아주 많이 멀었다."

황 선사는 한 번 더 대중의 따귀를 후려쳤다.

많이 뭐가 멀었다는 것일까.

이 두 번의 손찌검에 대한 바른 해석은 있기나 한가. 있다. 첫 번의 뺨은 집착의 어머니가 맞고, 두 번째 뺨은 집착의 아버지가 맞았다.

뒷날 선종은 마음공부에 큰 가르침을 준 황벽 화상을 못 잊어 추행사문醜行沙門(거친 중)이란 호를 내려 높이 기렸다. 거칠지 않으면 마음의 피를 볼 수 없다, 부드럽고 부드러운 것이 가장 단단한 것을 이기는 그것을 뒤집어 보인 것이다.

선종의 마음이 선하다. 그는 따귀를 맞으면서 눈에서 번쩍이는 빛으로 집착의 실체를 확연히 보았지 싶다. 실체를 보는 마음의 힘은 진리의 힘이다. 그래서 진짜 크고 장대한 권력은 스승에게 예를 갖춰 절한다.

부처도 소설도 똥이다 _ 12

오현 화상은 항상 열려 있어서 누구나 마음만 먹으면 만날 수 있었다. 한 문필가가 화상을 찾아가 물었다.

"어떤 것이 부처입니까?"

화상이 입을 크게 벌리고 하품을 하다가 뒤통수를 쓰다듬더니 입을 꾹 다물어버렸다. 문필가는 화상의 침묵 속 그림자를 읽어내질 못했다. 작은 침묵은 한숨을 쉬다가 그만 큰 침묵에게 먹혀버렸다.

그제야 문필가는 침묵의 바다를 헤엄쳐 건너갈 수 있었다. 그리고 하품하는 부처를 만났다. 부처도 때로는 하품을 하는 것이었다.

다시 문필가가 화상을 찾았다. 이번에는 문필가에게 화상이 물었다.

"무엇이 소설인가요?"

문필가 나름으로 화상의 마음을 흉내 냈다.

"이야기가 세 근입니다."

"소설이 그렇게나 무거운가요."

"부처의 무게와 맞먹지요."

화상은 활짝 웃고 문갑에서 흰 봉투 하나를 꺼내 문필가에게 건넸다.

"무엇을 주십니까?"

"냄새나니까 열어보지 말고 어서 주머니에 넣어요."

봉투를 열어본 문필가의 눈이 휘둥그레졌다.

"웬 돈을 주십니까. 저도 연금을 조금 받습니다."

"돈이 아니라 똥이요."

문필가는 공손히 자리에서 일어나 흰 봉투 앞에 큰절을 올렸다. 그리고 전혀 거리낌 없이 그 봉투를 집어 들고 화상의 침소를 빠져나왔다.

세상은 문필가가 똥에게 절을 했다느니, 화상에게 절을 했다느니 구구절절 해설이 많았다. 아무튼 이런 유의 소문은 화상을 아주 화상답게 만들었다. 그는 눈먼 돈이 생기면 흰 봉투에 분변하여 담아두었다가 그야말로 문학만 보이고 돈엔 눈이 먼 글쟁이들에게 아마도 화상이 살아있는 날까지는 나눠주지 싶다는 것이었다.

정말 그럴까?

이에 대해 화상은 한마디도 뭐라 한 바가 없다. 그런데 이즈음 화상은 한낮에 홀로 앉아 시를 쓰고 낯 붉은 아이처럼 아이웃음을 웃는다고 그의 상좌가 전했다.

참 미안한 일이다 _ 13

"큰스님의 부랄은 몇 근이나 됩니까?"

시 쓴다는 여자가 와서 오현 화상에게 묻고는 언제 그랬더냐 천장을 바라보며 시치미를 뚝 땄다. 이래서 불알이라는 것이 무겁기는 무거운 것이로구나. 새삼 그 생각에 매여 화상이 그윽한 눈으로 시 쓰는 여자는 안중에 두지 않고 여자의 몸을 입고 있는 시를 바라보았다.

사람에게서 시를 읽는다는 것은 눈 밝은 일이다. 시도 불성이어서 그 모습이 참이다. 그래서 시를 두고 '관음이 따로 없다.' 한다. 또 '관음은 소리를 보기만 하는 줄 알았는데, 시 속에 와서 소리 보기를 그만두고 소리를 무게로 달기도 한다.'

는 말이 통한다.

화상은 '은주발에 담긴 백설의 무게'가 여자가 묻는 그것의 무게와 같다고 말하려다 고개를 저었다. 그때 "끄윽!" 화상의 몸에서 이상한 소리가 났다. 여자가 속으로 놀라는 눈치다. '그렇지. 이것이다.' 뇌이고 화상은 여자의 물음에 답했다.

"부랄이라는 것이 본래 무게가 없는 것인데 굳이 그 무게를 달자면 조금 전 내 몸이 내뱉은 '끄윽' 소리의 무게와 같다오."

시 쓰는 여자가 빙그르 도는 눈빛이다가 한 소식 얻은 양 말을 삼가고 문지방을 넘어 도망쳤다.

이렇듯 무엇을 안다는 것이야말로 미안한 일이다. 여자도 화상도 그 지칭하는 무게에 대해서 알 만큼 안다. 오현 화상이나 여자는 그것을 말하고 싶은 것이다. 하지만 진리는 말로 실토되거나 노출되지 않는다.

어느 날인가는 시 쓰는 여자가 다시 와서 화상의 쇠한 기력을 시험하기도 하였다. 제법 그 여자의 외양이 시를 닮아 관음에 버금가지 싶어 보이기도 했다. 화상의 눈이 시에 취하자 여자는 대놓고 자기 유방 속에는 신맛이 들어 있고, 입술에는 비린 맛, 어쩌고 살비듬 터는 소리를 곧잘 뱉어냈다. 그리고 뱉은 말들이 시인 줄 알고 '시 냄새가 나느냐?' 고도 물었다. 그런 말들이 시 냄새가 난들 시가 될까마는 화상은 왠지 슬퍼져서 '속살 냄새가 너무 짙다.' 하고 조금 웃어주었다.

아뿔사, 화상은 자신에게 찔끔 놀랐다. 결코 웃지 말았어야 했다. 여자는 자기에게 속고 있었다. 화상이 말로 꽃을 들어 보인 줄 착각하는 것이었다. 아무튼 여자는 무슨 염화시중을 증득한양 실실 웃음을 흘리며 만해마을 만해가 발 씻었던 개울물을 건너갔다.

화상은 홀로 앉아 생각의 생각을 건넜다. 백담사 만해마을에 앉아 억겁의 생각을 건너다보면 웃기고 나자빠지는 소리에 관음이 아기를 낳아 기르게도 되는구나 싶었다.

아서, 이러다가 화두가 나자빠진다.

화상은 지그시 눈을 감고 화두를 붙들어 세웠다.

"눈을 감아도 보이는 것이 있느냐. 있다면 파릉의 은주발에 담긴 백설일 뿐이다."

화두 뒤쪽에서 시의 여자가 시를 벗고 투명한 몸으로 웃었다.

'아, 백설보살!'

은주발 속 흰 눈도 녹고, 벗은 여사의 투명한 몸도 녹아비렸다.

무엇을 말했다 할까 _ 14

한 마디도 하지 않았는데 우리는 당신이 무엇을 말한 것으로 만들어버렸다. 제자들에게 발바닥만 보여주고 간 당신을 그렇게만 이야기하면 누가 당신이 부처인 줄을 압니까.

"그래서 당신 속에서 나온 것처럼 당신을 잘 안는 제자가 '누가 언제 어디서 무엇을 어떻게 왜'라고 정의하여 글을 짓고 추존하고 경배하기를 힘썼다지요. 그것이 지금 나를 높이는 수행의 경전으로 통합니다."

모든 경전도 때와 장소의 작용으로 그렇게 만들어져 왔다. 그렇다. 따지고 들면 실생활의 의미 있는 행위와 사건도 예정론에 의해 만들어진 것이다.

'물 위를 걸어갔다는 말이 있다. 물론 만들어진 말인데 어떤 실체를 뒤집어쓰고 있는가.'

달마는 갈대 잎을 타고 강을 건넜고, 예수는 갈릴리 호수를 평지처럼 걸어갔다. 그것은 오로지 신앙의 일로 만들어진 말이라며 오랜 세월토록 믿지 않다가 과학이 발달한 이즘에야 사실이라고 믿는다. 미신이 과학을 믿고 과학이 미신을 믿는 것이 아주 자연스러워졌다. 이제 사람이 마음만 먹으면 그대로 되지 않는 일이 없다고 믿는다는 것이다.

실로 우리는 아무 뜻도 뭣도 없이 자신을 놓아버린 가벼운 정신, 소위 빈 마음의 무개만으로 발을 내딛는다면 물 위를 걸어갈 수 있다는 의식을 갖게 되었다.

그렇다면 때와 장소의 작용으로 만들어진 현상들이 우리의 관계에 어떤 영향을 주는가. 여기에 생의 문제와 실험이 있게 된다. 너는 나에게 문제를 주고 답을 기다린다. 언제까지나 자지 않고 깨어 기다린다. 나는 너를 실험하고 어쩌나 지켜본다. 사랑을 주고 잉태를 지켜보듯. 이렇듯 신과 인간의 관계도 서로 초월될 날이 멀지 않았다는 것이다.

다시 무엇을 말했다 말할까. 서로 바라보는 이야기, 초월지의 모습이나 사건은 이 말로 자유함에 이른다.

'큰 이야기는 모두 발 이야기로 통한다.'

그렇다. 우리는 스승의 발을 보았고, 스승은 우리의 더러운 발을 닦아주었다.

오늘도 오현 화상은 발바닥을 들여다보며 그 구성진 유행가 '오늘도 걷는다마는'을 홀로 열창한다. 화상의 열창을 듣고 발 달린 뱀이 이마에 난 검은 뿔을 스스로 뽑아 던져버린다. 그 뿔이라는 것이 날아다니다 술잔이 된다. 오현 화상은 그 술잔에 넘치는 자유를 숨 쉰다. 한 말씀도 하지 않은 말씀의 자유를.

별나고도 별나다 _ 15

산다는 것이 물속에 뜬 달처럼 빛날 때가 있다. 순정한 삶의 모습이 그것이다. 둥근 달처럼 은은한 빛을 발하는 자성 어쩌고 하는 그것. 악스러움이 접근할 수 없는 아름다움이다. 순간순간이지만 이 발견 때문에 인생은 인생에게 취한다. 그리고 마침내 한 생각에 이르게도 된다. 수행은 자성의 아름다움에 취하는 일이라고.

솔직히 나는 그렇게 살지 않았는데 문득 마음이 맑아져 내 안에서 달을 보곤 한다. 참 별나고도 별난 눈뜸이다. 실로 물속에 뜬 달처럼 빛나는 생이 얼마나 되랴. 속단은 금물이다. 모든 사물은 좋은 것 그렇게 긍정적으로만 본다면 불가지적인 현상이 이해 가능한 것이 된다.

말을 뒤집으면 나는 네가 되고 너는 내가 된다. 젊었을 적 생각은 그랬다. 그리고 장년에 들어서 그것은 거짓말이라고 했다. 세월은 참 빠르다. 이즈음 희수에 와서 다시 거짓말을 뒤집으니 참말이 나왔다. 이것은 사실이 아닐 수도 있다. 눈이 어두어졌는데 참말이 보인다는 것도 우스운 일이다. 그렇게 따지고 들면 어떤 인생이든 별로 할 말이 없다는 것이다.

그래서 인생은 부끄럽지만 여기서부터 지금 새로운 시작으로 열어 정리하며 살아야 한다. 우리는 서로 안다고 하며 싸웠다. 사상과 예술에 대해서 '모른다 안다.'로 맞서 싸웠고, '문학이 신앙에 종속한다 그렇지 않다.'라든가 '신앙이 밥이다, 돈이다, 천국이다, 몸이다, 마음이다, 똥이다.'로 이어지는 싸움은 지쳐 쓸어졌다가 일어서고 일어섰다. 그런데 정말로 그 문답은 끝이 날까. 이 부조리한 물음, 이것이 사랑이다. 그래서 사랑은 양보 없이 싸운다.

사랑에 대한 투쟁은 단순한 싸움이 아니다. 그것은 사람이 개가 되어 사람을 물고, 참말로 순한 사랑 때문에 사람은 개처럼 사랑을 물고 물어뜯는다. 인생은 그런 거야. 물고 뜯겨야 맛이 나. 개의 일류사가 지나왔거나 지나가거나 그렇고 그렇다는 것이다. 어쩌자고 사람이 여기까지 와버렸는지. 오늘 나는 물속에 뜬 달에게 묻는다.

이렇게 인생이 별나고도 별나도 되는 거야
그렇다
별나다고 흔들리지 마라
너는 달이다
물의 말이다
자연의 자랑이다
하늘의 사랑이다

웃는 달을 구름이 가렸다.

톡톡이냐 탁탁이다 _ 16

이것을 알아야 한다. 병아리가 알 속에서 순한 부리로 톡톡 하는 순간 어미닭은 알 껍질을 탁탁 쪼아 주는 것으로 탄생이 이뤄진다. 병아리가 알을 깨고 나오는 이 자체가 도의 현상이다. 병아리와 어미닭의 이심전심은 순간 일치의 온전한 환이다. 그렇게 병아리의 생명은 부리의 소리로 왔다. 그렇다니까 시도 때도 없이 톡톡해야 하는 줄 알고 주둥이를 세우다 병아리 이전에 죽는 놈도 많다.

사람의 생을 병아리의 생에 비추어 죽음을 예방하고자 주둥이 대신 마음을 세워 보라니까 벌써 마음은 세워 보았다고 한다. 마음이 무엇인지도 모르면서 사람은 다급하면 무형의 마음을 유형화시킨다. 마음은 마음대로 눕힌다고 눕고 세운다고 세워지는 것이 아니다. 주둥이를 아무 때나 세우는 놈은 '말로 죽는다.'는 것은 이를 두고 하는 말이다.

국회에서 제 나름 국민을 의식하고 주둥이를 세우는 놈들이 있다. 이런 놈들은 주둥이를 궁둥이로 사용한다. 그러니까 놈들이 주둥이를 세우면 말 대신 방귀가 나온다. 그런데 썩은 말로 독가스를 뿜는 놈들일수록 하나같이 주둥이는 절대 궁둥이가 될 수 없다고 한다. 하긴 맞는 말이다. 하나 한 생각에만 매달려 궁둥이로 알을 까는 놈들이고 보니 톡톡해야 탁탁한다는 자연의 이치를 궁둥이로 뭉갤 수밖에. 그러는 놈들일수록 항용 내가 앞서 안다고 탁탁하다가 병아리인 자신을 죽인다.

도를 연구하는 어떤 젊은 제자가 스승에게 아뢰었다.

"저는 부화기에 있는 병아리입니다. 스승님, 제가 들어 있는 알 껍질을 밖에서 탁탁 깨트려 주십시오."

"언제 말이냐?"

"그 때를 스승님께서 아십니다."

“하긴 네 몸이 알 밖으로 나올 수 있는지 없는지는 우리가 동시에 알기도 하지만, 네가 먼저 알고 그 신호를 톡톡하고 보내야 내가 안다.”

“소인은 늦되는 놈이오니 스승님께서 먼저 탁탁하여 주십시오.”

“그것이 네가 사는 길이라 여기느냐?”

“제가 사는 길이 스승님이 사시는 길입니다.”

거짓 입이 참말을 한다싶어, 스승은 제자의 눈을 한참 들여다보았다.

‘너의 멍청한 길이 참 멀고 멀다.’

차마 이 말을 할 수가 없어 스승은 조금 웃었다. 누가 멍청하기로 작정을 할까마는 그렇듯 멍청하면 아는 것도 지나쳐 간다. 아마도 그래서 알면서 멍청한 놈이든 몰라서 멍청한 놈이든 사물을 보는 눈은 똑같이 예쁜지도 모른다.

“네 눈이 지금 예쁘다.”

스승은 제자가 알아듣지도 못하는 말을 하고 만다. 이런, 이런다니까. 마음 이야기란 형체가 없다 보니 허망한 슬픈 그림을 그리고 만다. 여기에 사족을 달 수밖에 없다.

'제자도 스승도 없다.'

이 역설, 없다는 것은 있다는 것이다. 그 공의 세계에서는 스승이 제자고 제자가 스승이다.

병아리와 닭은 그야말로 한 순간에 톡톡 탁탁한다. 절묘한 경계 타넘기다. 생과 사를 하나로 보아 쪼아버린다는 것이다. 이것을 알아야 한다. 너는 톡톡이고 나는 탁탁이다. 병아리가 닭이고 닭이 병아리다.

앉아 있으면 보인다 _ 17

소설을 쓰자면 먼저 앉아 있는 연습이 필요하다.

만해萬卍海가 동리東里에게 한 말이다. 오래 앉아 궁구할 줄 알아야 멀리까지 내다보는 소설을 쓸 수 있다는 이 말은 화두이면서 거짓말이었다. 사실은 소설이 아니라 부처가 되자면 먼저 앉아 있는 연습이 필요하다는 것을 바꿔 말한 것이다. 아무튼 문학을 불성으로까지 끌어올린 동리와 만해는 경전과 문학을 오고 가는 데 걸림이 없었다.

"그대는 아는가?"

"무엇을 말입니까."

"아무리 부처에게 가고자 하나 그대의 몸(체형)이 못 가게 마음을 막아 이긴다는 것을."

"그래서 오래 앉아 몸과 싸울 생각을 접었습니다."

"자신의 체형에 대해 깨우쳤다면 달리 그 몸에 맞는 일도 찾았겠구먼."

"스님이 부처를 궁구하듯 꼭 그에 버금가는 할 일이 있지요."

동리는 그것이 문학이라 말하지 않았다. 만해가 웃었다. 동리는 그 웃음 속에서 이상한 자유를 보았다.

만해와 동리의 이 대화가 '앉아 있으면 보인다.'는 말을 다시 생각하게 한다. 문제는 무엇이 보이느냐다. 꽃이 보이고 나비가 보인다는 사람이 있는가 하면, 여자가 보이고 남자가 보인다는 사람도 있고, 돈이 보이고 귀신이 보인다는 사람도 있다. 어느 쪽이든 보이는 것과의 싸움은 앉아 있는 동안 일어나기 마련이다. 이 싸움의 가장 화려한 기법을 보인 사람이 달마다. 소위 앉아 있는 것으로 부처의 경지를 증득해 보인 것이다.

달마는 9년 동안 침묵하며 앉아 벽만 바라보았다. 마침내 달마는 동굴 벽을 뚫고 들고 남에 자유로웠다. 그 어느 날 문득 달마는 자유를 향해 소리 질렀다. 그 소리는 우주를 전율시켰다. 왜 말을 하지 않고 달마는 그토록 큰 소리를 질렀을까? 까닭이 있다.

'오래 앉아 기다리고 기다려도 부처의 마음을 모르겠다.'

이 말 대신 소리를 지른 것이다. 모른다는 소리가 안다는 소리와 합일하면 부처의 소리가 되는데, 그 소리의 핵반응은 이 산을 들어 저 산에 덧씌워 놓고도 남는다. 그 부처의 소리 바위가 되고 바람이 되고 물이 되고 불이 되었다.

이 상징은 부처의 말이 자연의 소리라는 것이다. 여기에 문학은 사족을 단다.

'자연의 소리에 구린내 나는 소리를 보탠 죄로 달마는 이상한 탈바가지를 뒤집어 쓴 얼굴이 되었다.'

부처의 꿈을 소리로 내지른 달마가 소리의 역사力士로 불리지 않은 까닭이 석연치 않다. 그럼에도 불구하고 소리의 꿈, 그 달마의 외침은 오늘도 우리의 마음을 더 붉게 만든다.

다시 문학은 마음에 빨간 색칠을 하고 또 사족을 단다.

'마음은 피다. 앉아 있는 피는 소리 지른다. 마음은 문학이다. 그렇다. 피는 시를 지나 소설이 된다.'

우리는 이것이 만해가 한 말인지 동리가 한 말인지를 모른다.

보이는가. 힘들어도 앉아 있어 볼 일이다.

소설가는 죽고 소설이 부활한다 _ 18

'본래 하나다 너와 나는.'

이 말의 효능이 없어졌다. 그런 줄 알면서 여자는 남자에게 남자는 여자에게 아직도…, 사랑의 미궁이다.

아무튼 속내를 알 수 없는 이야기를 여기 옮기는 까닭이 나를 낯설게 한다. 생과 사가 하나라는 우스운 수작이 있다. '죽어 살고 살아 죽는다.'는 그것은 통째로 모를 일이다. 사랑하였음으로 행복하다 못해 죽였노라. 그렇듯 모르는 쪽에서 평등한 너와 나는 열반이 아름다운가 부활이 행복한가를 명상한다. 마음이 때로는 몸을 먹고 몸이 간혹 마음을 먹게 하는 생은 열반과 부활로 영생한다.

여자가 소설가를 찾아왔다. 잊은 듯도 하고 언제 만난 적이 없는 듯도 싶은 여자의 눈이 맑다. 맑음이 차고도 따뜻하다. 그 맑음이 여자에게 말을 건네게 한다. 소설가의 말이 머뭇거리다 나온다.

"내가 많이 실례를 할 것 같아요."

여자가 더 무심해진다. 소설가는 여자의 맑은 마음의 너울을 타고 자신에게 아주 깊이 침잠한다. 아무리 깊이 들어가도 소설가의 심연에는 여자에 대한 아무 기억이 없다. 여자는 심심한 눈으로 소설가를 한참 바라보다가 입을 연다.

"무례를 용서하세요."

"무례란 본디 자연한 것이오. 그대로 할 말이 있으면 듣지요."

"몸이 영면하시기 전에 무슨 부탁의 말씀이 있으실 텐데요."

소설가는 여자의 말을 듣고 속이 환해져서 자신도 모를 말을 한다.

"내 시신 곁에 잠시 누워 함께 있어 줘요. 무슨 뜻인지 알아듣지요."

답은 해도 그만, 안 해도 그만이다. 그럴수록 세상 이치란

단호하다. 여자의 답이 똘똘 뭉쳐 날개 없이 날아와 소설가의 가슴을 통과한다.

"모르겠는데요."

소설가는 다시 또 다른 자신이 하는 알 수 없는 말을 옮길 수밖에 없다.

"내가 쓴 소설 속에는 아주 기묘한 이야기가 있어요. 그 이야기를 읽으면 나에 대한 알고 싶은 답이 나와요."

그리고 소설가는 엘에이(L.A.) 땅 속 하늘로 날아가버렸다. 여자는 소설가의 소설을 찾아 읽고 이야기 속 여자가 되었다. 비로소 여자는 소설 속에 쓰인 '소설가는 죽고 소설이 부활한다.'는 뜻을 마음에 새겼다.

이 허구가 한 소설가의 종장에 얼마나 값할까. 50년 세월 문학인생을 살다 간 소설가 송상옥 선생.

'그는 죽고 그의 소설이 부활했다.'

그렇다면 이 이야기는 그가 남긴 문학을 위한 부활송이다. 그런데 참 이상하고 이상하다.

그는 왜 소설 속 남자를 여자로 말할까.

무소유는 소유다 _ 19

'없다는 것은 가난한 것이 아니라 비운다는 것이다. 없다고 슬퍼 말며 비웠다고 자만하지 마라. 애써 비운 마음 아득하다.'

그렇게 늘 우리 곁에 계신 당신. 그립습니다. 당신이 비운 자리는 스스로 공명을 울려 사람의 가슴을 건너고 건너 사랑이 됩니다. 없는 것을 지나가는 사랑, 빈곳을 채우지 않는 사랑이여.

비운다는 것은 채운 것으로 고통당하지 않으려는 이기심이다. 그 마음마저 여기 벗어놓고 떠난다. 왜 그리하지 않으셨습니까. 말빛의 경계는 아차, 하는 바람에 늪이 되어 당신을 삼키고 말았습니다.

이승의 일을 이승의 것들에게 맡기지 못한 당신. 아들도 없이 제자도 스승도 못 만든 그것이 그토록 공허하더이까. 지금 당신은 세상 웃음에 빠져 허덕이는 당신을 봅니다. 그러나 저승의 자로 이승의 웃음을 잴 수는 없습니다. 이승과 저승의 경계가 그렇듯 무소유와 소유의 경계도 마찬가집니다. 그래서 경계는 허물고 허물어져야 합니다. 그리하여 경계는 허무는 일 없이 스스로 허물어집니다.

강원도 어느 계곡 여름 달 밝은 밤이었다. 노승은 계곡을 지나다 웅덩이에 비친 달에게 홀렸다. 나는 너에게 들어갈 수 있다. 달과 웅덩이가 함께 노승의 말을 받았다. 그럼요, 어서 들어오세요. 노승은 신발을 벗고 옷을 벗고 첨벙 웅덩이에 빠져들었다. 달의 얼굴은 웅덩이의 너울에 실려 웃고 웃었다. 노승은 그만 처음 생각을 잊고 허둥댔다. 내가 달에게 왔는가, 웅덩이에게 빠졌는가? 이 웃음은 달의 웃음인가, 웅덩이의 웃음인가? 웃음은 앞도 뒤도 없고 높고 낮음도 없다. 이런 실성할 일이 있나. 그 말이 노승을 깨우쳤다. 달에 홀리고 웅덩이 물에 젖는 몸은 몸이 아니었다. 웃음이었다. 그저 웃음으로 남는 이 몸, 너는 나를 지나 달에게 갔다. 그런데 웅덩이에 빠진 까닭이 무엇이냐? 답은 다만 웃음을 웃을 뿐이다.

'이렇듯 당신은 웃음에 빠져 웃음이 될 줄 몰랐습니다.'

달의 웃음 속에서 떠오른 붉은 암송아지 한 마리가 웅덩이 밖으로 걸어 나왔다. 노승이 물었다. 너는 나에게 무엇이냐? 송아지가 발을 들어 발가락 하나를 세워 보였다. 노승은 눈을 씻었다. 발굽이 발가락으로 보이다니! 순간 노승의 눈이 환히 열렸다.

'오, 높고 낮음과 앞뒤가 없는 형상이여.'

무소유와 소유가 서로 마주 바라보았다. 내가 본디 너에게서 나왔다. 언제 누가 하나라 하지 않았더냐. 법정 스님을 건너가는 이 말은 무소유가 해도 좋고 소유가 해도 틀리지 않다.

태양을 훔치러 왔다 _ 20

달마와 예수는 물놀이의 달인이었다. 사람들은 이 달인의 경지를 두 가지로 평가한다. 물 위를 걷는 것과 서서 떠가는 것은 다르다. 같다. 이 두 가지 믿음의 눈이 신앙을 낳았다. 나의 예수님은 당신의 의지대로 자연을 명령하고 다루었어. 너의 달마는 자신의 의지 없이 자연의 힘을 빌었잖아.

예수의 그림을 본다. 갈릴리 호수 위를 걷는다. 신발을 벗고 걸었을까 신고 걸었을까. 신발의 작용을 의심할까 봐 신발을 벗고 걸었다. 이런 사람의 생각 위에 덧씌우는 말은 그때나 지금이나 의심을 놓아버리고 믿으라는 것이다.

달마의 그림을 본다. 버들 가지를 타고 지팡이에 신발 한 짝 꿰고 강을 건넌다. 가당찮은 그림이다. 물 위를 서서 떠가는 것은 사람의 일이 아니다. 어디가 아주 아픈 사람이나 하는 생각이다. 아무튼 달마는 양자강을 건너 소림 동굴로 들어갈 때와 나올 때의 얼굴이 같다. 침묵 속으로 들어갈 때나 침묵을 깨고 나왔을 때의 얼굴이 왜 같은가 묻는 것이나, 서쪽에서 왜 왔는가 묻는 것은 같다.

그래도 물으면 답한다. 달마가 서쪽에서 온 의미가 있다하면 이마에 입맞춤하고 없다하면 뺨을 얻어맞을 거야.

"없습니다."

뺨에 불이 났다. 없는 것에 불이 나서 없는 것을 태워버렸다. 없는 것은 그렇게 있는 것이 된다.

"있습니다."

이마의 향기로 입술이 달콤하다. 입술은 입술을 부른다. 입술의 맛은 남자 여자 두 맛을 낸다. 남자와 여자가 이토록 자연할 수가 없다. 입술은 말한다. 나를 여자로 취하면 남자 맛이 나고 남자로 취하면 여자 맛이 난다.

이 있다는 맛이여, 너는 피 맛이다.

그렇게 있다는 것은 맛이고 향이다. 이것은 모두 빛의 이야기다. 이제 달마가 서쪽에서 온 까닭을 말할 차례다. 달마는 서쪽에서 도둑으로 왔다. 동쪽 마을의 태양을 훔치러 온 것이다. 이렇듯 알고 보면 다 도둑이다. 만물은 도둑으로 있다. 생명을 훔쳐 아기로 태어나고 늙어서는 죽음을 훔치는 도둑.

이에 누군가 '달마송'을 부른다.

아기의 울음으로
생명을 훔친
달마
침묵으로
죽음을 훔친
달마

면벽으로
태양을 훔친
달마

훔치기의 달인
달마의 무게는 같다
훔친 이전이나 이후나

"그래서 생명이나 죽음의 무게도 같다."
이 말을 달마는 모른다
아랫 입술이 한 말인지
웃 입술이 한 말인지

말술사의 말 _ 21

세상의 말들은 모두 참말이라고 말하지만 실상은 거짓말을 하고 있다. 정말 그럴까. 그렇다. 직관으로 꿰뚫어 보면 거짓도 참도 거기서 거기다. 아주 따지고 들면 음양에 있어 양陽 홀로 음陰 홀로 존재하지 않듯이, 여자 속에 남자가 있고 남자 속에 여자가 있듯이. 어떤 말이든 참말을 위한 거짓말, 거짓말을 위한 참말일 수가 있다는 것이다. 여기에 거짓말을 뒤집어서 참말을 만드는 말술사들이 하는 상투적인 말이 있다.

'아니다, 본래 그것은….'

여운 속에 말의 의미를 숨기는 이 말투가 그것이다. 여기서 작가의 화두가 떠오른다.

'아니다, 본래 그것은 나다.'
'아니다, 본래 그것은 너다.'

연꽃이 연꽃을 찾아서 물 밖으로 나왔다. 물속의 연꽃이 웃었다. 그 연꽃의 웃음에 대하여 웃음이라 하기도 하고 울음이라 이르기도 한다. 이 분별이 너와 나를 나눈다. 본래 하나인 나와 너는 물을 건너야 한다. 걱정하지 마라. 물이 너를 건너 주리라. 물은 본디 그런 것이다. 모두 건너 주고 건너오게 한다. 사랑도 미움도 기쁜 것 슬픔까지도 물은 흐르게 하여 하나를 만든다. 그래서 물은 항상 지금의 시간을 생성시킨다.

연꽃이 물 밖에 피어나서 웃는 까닭이 여기에 있다. 물의 흐름으로 피고 지는 것, 피어나서 피어난 까닭을 웃는 그것은 시간의 꽃이다.

그 연꽃은 연꽃을 찾았는가. 찾았다, 그러면 좋고 못 찾았다 해도 그만이거나 더 좋다. 그렇게 좋다하며 살고 좋다하다가 죽는다. 아무렴 산다하는 것이 죽는 것인데, 옷을 벗고 입는 그것인데. 연꽃은 안다. 입을 옷도 벗을 옷도 없다는 것을.

그렇다, 본래 그것이 이것이다. 입지도 않고 벗지도 않는 것. 그 없는 몸을 보이는 연꽃은 스스로 여자라 하고 남자라 한다. 아니다, 본래 연꽃은 부끄러운 무슨 덩어리가 아니다. 그저 자연한 물을 입고 벗을 뿐이다.

입으면 벗으리라, 벗으면 입으리라. 벗으면 벗으리라, 입으면 입으리라. 신부가 옷을 입고 수녀가 옷을 벗었다. 비구가 옷을 벗고 비구니가 옷을 입었다. 목사와 전도사는 함께 옷을 벗고 함께 옷을 입었다. 스승은 알몸으로 옷 벗은 줄 모르고 제자가 스승의 옷을 입고 있다. 이 말이야 어느 쪽으로 돌려 입히고 벗겨도 좋다.

몸은 옷에게 말한다.

"너는 진리다, 몸을 감싸도 좋고 몸에서 벗겨져서 더 좋은."

옷이 화답한다.

"몸은 다 같은 몸꽃이어서 향기가 난다."

이제 연꽃은 물 밖에서도 물속에서도 연꽃을 찾지 않는다. 나와 너를 나누어 찾지 않는 꽃, 연꽃을 우주의 꽃이라 한다.

오염되지 않아야 우주를 바로 볼 수 있다는 데서 이른 말이다. 각성의 꽃, 각자의 꽃으로도 부른다. 내 마음의 시궁창 위에 이 꽃은 항상 피어 있다. 그렇다면 나에게서 연꽃향이 피어나는데 왜 악취가 난다 할까. 사랑이 내 안에서 너를 먹고, 사랑이 네 가슴으로 나를 먹는다는 걸 누가 알랴.

말술사의 말이 웃었다.

뱀을 아시나요 _ 22

발밑에 무엇이 있다. 무엇인가? 마음이 있다. 그래서 어쨌다는 거냐. 마음의 허공에 아픔이 있고 기쁨이 있고 죽음이 있다. 있다는 것은 없다는 것이다.

'별비사鼈鼻蛇란 독한 뱀을 아는가?'

별비사, 음독만으로는 이별의 무슨 비극적인 이야기쯤으로 해석이 가능하다. 한문을 음으로 풀면 꽃으로 웃고 열매로 우는 희극을 낳는다. 찰라적으로 비극을 낳는 그것은 '죽음이라는 자라코뱀'이다. 그 뱀에게 안 물릴 사람이 없다. 모두가 물리고 사라졌다. 그렇듯 없다는 것은 있다는 것의 본체이다. 죽음이라는 자라코뱀에게 석가도 물리고 소크라테스도 공자도 예수도 물렸다. 그런데 그 중 예수가 인간의 숙명을 깨뜨려버렸다. 부활로 죽음을 죽이고 죽은 생을 일으켜 세운 것이다.

그렇다고는 하지만 그러기에 더욱 왔다는 것은 간다는 것이다. 모든 오는 것은 간다. 너와 나, 형제 부모도 와서는 간다. 그것이 예수 부활 이후 가고 온다는 죽음에 대한 진리의 인식이 바뀌었다. 간다는 것은 또한 뛰어 넘는 것이 되었다. 그리고 죽음을 뛰어넘자면 죽음을 죽여야 했다. 예수가 오로지 사람의 아들로서 그것을 해낸 것이다.

그렇다면 모든 아는 것을 죽여야 산다는 죽음에 대한 깨달음의 인식, 처자권속 스승까지도 죽인 자리에서 비로소 생의 싹이 난다는 살불살조, 이 극단의 말과 부활은 무엇이 다른가? 죽음의 싹이 사람이냐 신이냐 묻고 답하기에 따라 다르면서 같은 진리가 된다.

항상 발밑을 살펴야 한다. 어느 순간 발밑에 죽임의 뱀이 와 있기 때문이다. 죽음의 구렁텅이, 서 있는 발가락을 물어

뜯고자 하는 참으로 '모를 입'이 그것이다. 그러나 죽음이란 아가리를 모른다 할 수만은 없다. 조심하라, 조심하라! 발밑에 입이 있다. 묘한 깊이를 알 수 없는 경종의 말을 먹어버리는 입. 그 입의 동굴로 들어가면 흰 뱀이 기다린다. 나와 너를 태우고 하늘로 갈 뱀이다.

뱀이 있어 여자는 남자를 속이고, 남자는 자신을 속였다. 스승이 제자의 발을 씻긴 까닭이 거기에 있다. 냄새를 지우면 거기서 너와 나는 하나가 된다. 실로 너라는 냄새, 나라는 냄새, 그 차별을 지나가는 방편으로 발을 씻는 것이다.

냄새는 그렇게 깨끗함과 더러움을 지나간다. 모든 있는 것은 냄새의 미학 없이 생물학적 존재를 말할 수 없다. 겨드랑이의 땀이 악취로 바뀌면 사람만 끝장이 아니라, 천상의 천인도 끝장이다. 천녀의 몸에서 천의가 신성한 날개처럼 날려야 천상을 날아다닐 수 있다. 그러다 어느 날 문득 천녀의 몸에 땀이 나고 겨드랑에서 악취가 나면 천의가 찌들고 날지 못한 천녀는 죽고 만다.

누군가 생각하고 생각하다 결론을 내렸다. 별비사, 자라코

뱀은 죽은 천녀의 화신이다. 그놈의 뱀이 나를 향해 날아오고 있다. 그러므로 지금 나는….

어느 화상의 생각을 빌어
아주 깊은 생각에 빠진다
참 많이 나는 나를 속였다
달 밝은 그 밤
그래서
가슴이 열리고 꽃이 피어났다

이 생각을 부활꽃이라 불러도 좋다.

묘봉은 없다 _ 23

소설 창작에 있어 방편이 있다 없다 말들이 많다. 그런 사람들은 대개 소설을 배우는 사람이거나 생각으로만 쓰는 사람들이다. 그래서 소설을 제대로 쓰는 사람은 일갈한다. 방편이 있다 해도 소설을 쓰는 데 도움이 안 되고, 없다 해도 소설 쓰는 데 도움이 안 되기는 마찬가지다. 여기서 소설은 소설에게 답한다. 허구의 길에 묘봉(신묘로운 봉우리)이 있다면 그것은 신기루다. 대중의 허기를 채우는 신기루.

참 소설가는 통속을 만나면 통속을 죽이고, 대중을 만나면 대중을 죽이고, 본격을 만나면 본격을 죽이고, 순수를 만나면 순수를 죽이고, 신기루를 만나면 신기루를 죽여야 소설을 만난다고 했다.

오랜만에 소설가는 옛 친구를 만났다.
"요즘은 무슨 소설을 쓰냐?"
"너를 죽이고 나를 만나는 이야기를 쓴다."
"그렇게 미쳐야 소설이 나온다며, 이번에는 대박나겠다!"
친구가 기뻐 날뛰었다.
'기뻐 날뛰는 것과 미쳐 날뛰는 것은 같다. 아무렴 죽이고 살고 스스로 죽어 산다는 그것이다.'
소설가의 소설에 대한 지론이었다.

소설가는 '달을 먹는 아이'라는 제목의 소설을 구상 중이었다. 소설 시작의 첫 문장이 중요했다. '아이는 아비 없이 태어났다.' 그리고 독백처럼 대화가 이어진다.
"무슨 예수처럼 아비 없이 아이가 생겼어?"
"불경스럽게 미혼모도 모르냐."
"요즘 애가 애를 낳고, 수태고지로 낳았다 안하나."
"진짜 소설 쓰나."

그래 이것이 소설이다. 아이를 보육원에 맞기고 어린 아이의 엄마는 아르바이트한다. 엄마의 가슴에서 젖이 보챈다. 화장실에서 엄마는 보채는 아이의 젖을 달랜다. 탱탱한 젖을 달래는 일은 아이가 엄마를 보채디 울음을 짜내듯 젖을 어르며 짜내는 것이다.

아이의 엄마는 퇴근 하자마자 보육원에 맡긴 아이에게 갔다가 깜짝 놀랐다. 아이가 온 몸으로 달빛을 뿜어내고 있었다. 눈이 부신 엄마가 아이를 안았다. 기다림의 빛, 엄마는 아이와 함께 달빛으로 하나가 되었다.

그렇다. 소설의 방편은 '묘봉이다.' 하면 이미 묘봉을 지나쳐버린다. 이것이다 하지 말고 그냥 가야 한다. 입을 열고 닫고, 항문을 열고 오므리며 가다가 보면 진리의 순박한 빛이 발등을 비추기도 하고 사라지기도 하는 것이다.

큰 소설가는 묘봉이 없다에도 매이지 않는다. 그 달관은 그가 쓰는 소설 도처에 묘봉을 만들면서도 묘봉으로 읽히지 않는 그 무엇을 만든다. 그 무엇, 그것은 시간을 초월하여 영원한 본격의 순수가 된다.

돌아갔다 _ 24

여자가 남자를 찾아와 한 마디 묻고 돌아갔다. 무슨 물음이었을까. 알 수 없다. 그저 여자의 물음이 있고 남자가 대답 대신 사지를 뻗고 누워버렸다. 누운 남자를 멀건이 내려다보다가 표정 없이 돌아간 여자를 나는 안다. 안다는 것은 빛이면서 어둠이다. 보이는 것과 보이지 않는 것을 동시에 뿜어내는 여자의 마음은 무섭다.

몸의 말을 알아듣는 여자는 두 번 묻지 않았다. 이미 몸이 말이기 때문이었다. 여자는 남자의 몸이 하는 말을 이렇게 읽었다.

'모두가 와서는 돌아간다. 몸은 오로지 와서는 가고야 마는 그 사실 자체다. 정직하고 깨끗한 몸은 흙으로 물로 불로 바람으로 돌아간다. 이를 과학적으로 4원소가 자연에게 스민다 하고, 시는 그 현상을 이미지화한다.'

시는 여자의 심장에서 튀어나온 꽃이다. 꽃은 심장의 힘으로 남자의 이목구비를, 상징의 돌출과 구멍을 지우고 민낯을 만든다.

'귀는 흙에게 눈은 물에게 입은 불에게 코는 바람에게 돌아간다. 이 동화의 메타포아가 얼굴을 지우고 지운다. 빈 얼굴, 이것이 마음까지 비우면 귀도 눈도 입도 코도 없는 민얼굴이 된다. 마침내 돌아가고 옴이 없는 여자여!'

그러기에 몸을 제대로만 읽으면 온 곳으로 돌아가는 몸을 볼 수 있다. 이것이 몸의 말이다. 내가 나를 가장 잘 안다고 말할 수 있듯이 몸은 어디서 와서 어디로 돌아가는가를 몸으로 말한다.

남자의 몸을 읽고 헤맨 여자는 비로소 온 곳을 알고 발자국 없이 돌아갔다. 그리고 여자는 허공을 떠서 다시 내게 왔다.

내가 아는 이 여자, 발이 없어 내게 업혀 있다. 업혀 있어도 무게가 없는 여자, 전혀 질량이 느껴지지 않는 숨이 차지 않는 여자에게 나는 물었다.

"발이 없으면 몸도 없는 거지?"

여자의 침묵을 뚫고 말이 솟았다.

"뱀은 발 없이 몸만 있어."

나는 보았다. 뱀이 없는 손으로 가리킨 그 동산의 실과나무를. 그놈의 과실 먹기만 하면 모를 것이 없어 몸이 빛의 덩어리가 된다는 지혜의 실과를 여자가 먹고 남자까지 먹였다. 그때 이미 사람의 앎이 바닥을 쳤다. 더 이상 내려갈 수 없는 속임수의 앎은 암(악성 종양)을 생성시켰다. 뱀의 발이 생겨나고 사람들은 모두 속이는 천재들이 되어 사기를 밥 먹는 일로 삼았다.

여자는 내 생각을 읽고 빈 얼굴로 나를 바라보며 말했다.

"와서 안 돌아가는 넋이 없으니 외롭다 우리 모두는."

'이야말로 사족이다!'

외치고 싶지만 나는 속으로 말을 사려물었다.

여자가 정말로 남자의 몸을 읽다가 돌아갈 때는 얼굴의 이

목구비를 지우는구나. 읽히며 읽히지 않는 얼굴, 그래서 그랬구나. 남자의 몸의 말. 그렇다 그것은. 네 활개를 쭉 펴고 누워버리면 몸은 말이 되었다. 그처럼 정직한 말이 없다. 죽음을 보여주는 그것. 돌아가라는 정직한 몸의 말이었다.

그러나 이 몸의 말에 속으면 돌아갈 길이 없다. 몸은 정직한 사실체인데 그것을 사실 아닌 것으로 읽는다는 것이다.

실로 사람의 실존이란 부조리가 이것이다. 잘못 읽기의 실존, 그리하여 사람 몸은 마침내 죽음을 먹고 부활하고자 돌아가는 이상한 생물체를 다시 초월한다.

꿈틀거림 이것 _ 25

존재라는, 생성이라는 이 꿈틀거림에 대해서 유사 이래로 무수한 답을 하고 있다. 그렇지만 아직도 꿈틀거림의 실체는 아리송할 뿐이다.

이것은 빛으로 자궁에 와서 스멀스멀하다가 꿈틀거림을 시작하였다. 혼을 부르는 춤, 이 꿈틀거림은 빛의 아픔, 빛의 환희로 없는 것의 있는 것이 되었다.

모든 악을 찢어버리고 이것은 악을 쓰며 세상에 툭 튀어나왔다. 피의 벽을 뚫고 또 벽을 만난 이것. 세상이란 허공의 벽은 꿈틀거림을 키웠다. 웃고 울고 사랑하며 꿈틀거림은 늙었다. 아주 서서히 늙다가 문득 사라지는 곳, 이름에 이르는 곳을 향하여 꿈틀거림은 독의 바다를 건너갔다.

고해가 독의 바다로 불리는 까닭이 있으련만 이것이란 있음은 꿈틀꿈틀 그저 그놈의 바다를 건너기비릴 뿐이다. 꿈틀거림은 과거 현재 미래세까지 건너가서는 말이 없다. 잘 갔다거나 다시 온다거나 끝내 무소식으로 이것은 있다는 것이 되고 만다. 절묘하다. 모든 끝은 이것이다 하고 끊어지는 것으로 있다.

그렇게 끝이다는 그렇게 있다는 것이다. 꿈틀거림에 대하여 산과 물과 바람과 달에게 물은 답은 신묘하다.

산은 돌을 들어 보였다.

"이것이 꿈틀거림이야."

물은 하늘에 비늘구름을 만들었다.

"꿈틀거림 아름답지."

바람은 나무를 흔들어 꽃을 피웠다.

"이것이 열매를 만드는 꿈틀거림이야."

달은 하늘에서 내려와 물속의 달을 건져냈다.

"맑고 깨끗하지. 꿈틀거림의 본모습이야."

산의 바위들이 달의 얼굴에 비친 푸른 바위의 말을 들었다. 있는 그대로, 자연의 말은 푸르고 푸르다.

그래서 독의 바다를 건넌 꿈틀거림을 독에 취해 알몸으로 잔다 하는가. 그렇다. 잔다 하는 그것이 꿈틀거림의 자연한 죽음이다. 물론 그렇다는 꿈틀거림에 대한 답이 그르냐 옳으냐는 아직도 분명할 수 없는 물음의 또 다른 답으로 진행될 뿐이다.

생각의 물음이, 그 답이 아무리 흠잡히지 않더라도 생각에 머물면 생각에 빠지고 만다. 생각에 빠져 취하면 꿈틀거림은 멈춘다. 이 정지야말로 이것의 지극한 초월이라고 꿈틀거림은 안도한다. 달리 낭패가 아니다. 춤꾼이 춤을 멈추고, 작가가 창작을 멈추고, 음양이 겨룸을 멈추는 파국. 생성의 파국만은 절대 있지 말아야 한다.

현재 과거 미래, 시공으로 열린 생각이 생각 속의 생각을 생각 밖으로 끌어낸다. 끌려나온 이것이 여기서 파국의 자유다 하면, 생각의 안에 있으나 생각 밖에 있으나 파국이다. 이 때 물음이 필요하다. 이것은 어째서 이곳에 머물지 말아야 하는가. 꿈틀거림에 아무런 도움이 되지 않기 때문이다. 그러면 궁극적으로 이것은 어찌해야 하는가. 돌이보아도 묻는 이것이 없다. 이것에 빗대어 이것이다 할 아무것도 없다.

아하, 무미한 웃음을 웃는 이것. 본얼굴이 웃어야 웃음이다. 그런데 눈이 밝지 않아 이것이 웃는지 우는지 분간하기 어렵다. 푸른 돌의 말의 빛으로, 번갯불이 번쩍할 때 '이것이다.' 하고 꿈틀거림의 얼굴을 제대로 읽어야 한다. 답은 푸른 돌의 말의 빛으로 자연히 읽힌다.

'너도 꿈틀거림이고 나도 꿈틀거림이다.'

몸은 말이다 _ 26

자꾸 몸이 떨린다. 몸아 떨지 마라, 마음 나간다. 마음이 나가버린 몸은 홀로 앉아 있다. 몸아, 너는 마음의 껍질이다. 몸은 주인이라고 항변하지 않아서 좋다. 다행이다. 분수를 알고 낮아진다는 것이 참 자연함이다. 마음이 몸속에 몸이 마음속에 있어 서로 질줄 안다. 기특하고 멋진 현상이다. 참말로 기특한 몸은 마음에게, 마음은 몸에게 지는 것이다. 형상과 형상 아닌 것이, 둘이 하나라고 아는 이 기특함은 너와 나를 분별하지 않는다. 진리라는 것이 이것이다. 많다는 것이 하나요, 하나가 많다는 이것.

몸이 마음을, 마음이 몸을 자유하게 할 때 진리는 고집한다.

몸의 어머니는 마음이라고. 그때 몸은 독백한다. 몸아, 너는 희로애락의 덩어리다. 기쁘고 노엽고 슬프고 즐거운, 그 네 덩어리를 너는 마음에서 건져낸다. 그리고 그 덩어리의 본래 빛깔과 형상을 보고 싶어 한다. 비로소 너는 암컷이 되어 그 욕망을 가슴에 새기며 말한다.

"이것은 수컷의 몸이다. 자웅동주의 몸은 춤을 춘다. 수컷의 몸속에 들어간 암컷의 춤, 암컷의 몸속에 들어온 수컷의 춤은 몸의 말이 된다. 그리하여 마침내 몸은 욕망을 지나가서 생을 거머쥔다."

생은 춤이다. 태초의 말이 남자와 여자를 만들고 서로 바라보며 춤을 추게 했다. '실과를 따먹어도 좋아.' 몸에서 말이 튀어나와 춤이 되었다. 고해를 건너는 춤. 죽음까지 건너갔다. 그 서사는 짧고 깊다.

기쁘다

눈 속에, 가슴속에, 뱃속에 들어 있는 기쁨은 각기 냄새도 다르고 맛도 빛깔도 다르다. 그래서 몸이 마음을 위해서 춤을 춘다. 끈질긴 집착이 춤춘다. 마음아 몸을 벗어라. 땀이 온몸에 솟는다. 몸은 옷을 벗고 춤 속으로 들어간다. 알몸은 춤추며 춤추며 마음에게 왔다.

노엽다

손바닥이, 발바닥이 노여운 빛깔을 띤다. 그것이 차고 덥고 뜨뜨미지근한 말로 읽힌다. 몸의 살빛이 말한다. 빛깔도 말이여. 피의 꿈틀거림, 몸에 푸른 핏줄이 솟는다. 메두사, 몸의 머리카락이 모두 푸른 뱀이다. 저주의 두 혓바닥이 독의 모가지를 들어올린다.

슬프다

몸이, 온몸이 하나의 눈이다. 외눈으로 울어라. 몸의 눈이 불을 뿜다가 빛을 물로 바꾼다. 눈물이 불을 끈다. 맑고 투명한 눈이 깊을수록 눈물은 몸을 희게 씻긴다.

즐겁다

흰옷 입은 몸이 옷 밖으로 나온다. 알몸으로 웃는다. 옷 없이 웃는 몸은 벗은 줄을 모른다. 백치의 아름다움, 비로소 몸은 몸에게 온 것을 모르고 돌아간다. 몸은 이렇듯 말일 뿐이다.

'말을 탄 흰 뱀이 발가락을 감춘다. 빛 밝은 대낮에.'

이 화두를 참구하면 몸은 마음을, 마음은 몸을 찾아가는 길에 들어선다.

멋진 사람 _ 27

말이 되는 말을 하자면, 멋진 사람이 따로 있지 않고 사람은 다 멋지다 해야 한다. 사람을 생명의 가치로 무게를 달면 많고 적은 수치가 나오는 것이 아니라 생명이 나오기 때문이다. 그래서 어디까지나 사람은 생명으로 있음을 존중받아야 한다. 그럼에도 현실은 아주 계산적이어서 이상한 가치 개념에 와버렸다. 쩐(돈)의 세상이 되고 만 것이다.

쩐의 세상에서 사람은 짐승이기도 하다. 그런 까닭에 이제 사람의 생명은 금과 바꿔치기 해도 아무런 아픔을 못 느낀다. '금이 생명인 세상이 되었다.'고 짐승 대신 사람이 외친다.

'짝퉁 금이라도 금이 좋아!'

선지식의 말씀이 훈풍에 실려 온다. 귀가 열린다. 물질의 세계와 정신의 세계에 있어 아방궁과 아자방은 전혀 다르면서 같다.

아방궁은 주지육림의 방이고, 아자방은 깨우침의 화살을 심중에서 꺼내들고 '부처 나오너라 쏴 죽이겠다.' 하는 방이다. 이렇게나 다른데 왜 같다할까.

술에 미친 고깃덩어리가 춤을 추며 이 무아지경이 바로 '극락이다.' 하는 방, 춤추고 싶고 잠자고 싶은 고깃덩어리를 깨워 '네가 부처다.' 하는 방이 종장에는 하나로 통한다는 것이다.

나는 너를 건너고 너는 나를 건너는 것처럼. 둘이 하나라는 종장이 있기에 생명은 찬란하다.

말이 되는 말을 하자면 이런 따위의 말을 짓는 이의 체질이 확 바뀌어 의식이 달라져야 한다. 환절기가 오면 알레르기 때문에 재채기 콧물 눈물을 흘리는 사람이 체질을 바꿔야 하듯이. 바뀐 체질은 콧물, 눈물로 절망을 정화시켜 희망을 만들 수 있다. 그런데 체질은 좀체 바뀌지 않는다. 체질이란 본성은 몸과 마음이 끊임없이 싸우며 서로가 이기는 방편 만들기를 바랄 뿐이다.

말이 왜 이렇게 어렵고 오리무중이냐. 말을 시작했으면 결론이 나와야지. 세상이 어지러워 말은 빙빙 돌 수밖에 없다. 그 말도 언젠가는 넘어진다. 종장이 오고야 만다. 그렇듯 이제 말을 멈춰야 한다.

모든 존재는 죽기 위해 몸부림친다. 사람은 이 몸부림을 살기 위함으로 보는 지혜를 가졌다. 멋진 사람 속에는 멋진 지혜가 있어 멋진 빛을 발한다. 눈은 빛을 받아 말을 만든다.

"멋진 사람, 나는 너를 만나면 네게서 내 지혜를 본다."

멋진 사람은 가을의 그 쓸쓸한 바람이, 소위 금풍이 불어와 마음의 옷을 다 벗겨 벌거숭이가 되더라도 벗은 줄 모르고 가야 할 길을 갈 뿐이다. 우리 주변에 그런 사람이 많기를 바란다.

참 자유가 웃는다. 나도 따라 웃는다. 벗는 자유, 놓아버린 자유에서까지 마음이 자유하면 나는 너에게 너는 나에게 투명한 거울이 된다. 비로소 우리는 서로의 벗은 몸을 비춰 보일 수 있다. 눈이 부시도록 참 멋지다.

그렇다. 선지식이 아니라도 모두가 다 벗어서 옷치장 없이 마음이 자연하면 멋진 사람이 따로 없다 할 것이다.

말할 수 없는 말 _ 28

그 사람은 갔다.

"그리워할까?"

나는 묻고 내 물음에 빠져 허우적거렸다. 그 사람이 와서 내 마음속 물음을 지우며 "그리워하면 이렇게 다시 보게 돼." 했으면 좋겠다. 시간이 지나면서 그 사람에 대한 그리움이 느슨해졌다. 나는 이미 그리움에 대한 답을 알고 있었다.

"그리움 같은 것은 본래 없는 거야."

그러면서도 나는 그리움을 무서워했다. 부정할수록 힘이 세지는 그리움. 그것은 알 수 없는 힘이었다.

가끔 그 사람이 내 가슴을 만지며 말했다.

"이 속에 이상한 꽃이 피어 있어."

꽃이면 아름다워야지 왜 이상해? 나는 묻지 않고 그 사람 눈 속을 깊이 들여다보았다. 그 사람이 다시 말을 이었다.

"왜 이상한 꽃인 줄 알아. 내게 줄 수 있는 꽃이기도 하고, 다른 누구에게 줄 수 있는 꽃이기 때문이야."

이것은 분명 가슴으로 하는 말이었다. 그런데 그 사람 가슴의 말인지, 내 가슴의 말인지 모호했다. 아마도 나는 양쪽 가슴의 말로 믿고 싶었는지도 모르겠다.

그렇게 그 사람은 말할 수 없는 말을 남기고, 누구도 알 수 없는 곳으로 가버렸다. 이제쯤 꿈에라도 나타나 한마디 할 법도 한데 말할 수 없는 말이 그 사람 돌아오고 싶은 꿈길마저 미로로 만들어버렸는지 끝내 무소식이었다.

서서히 그 사람 생각에서 놓여났다. 그런데 그 사람을 보았다는 이가 나타났다. 두렵고 떨렸다. 소문에 지나지 않을까 봐. 아니, 어떤 말할 수 없는 말이 그 사람을 구축할까봐. 그렇게 전전긍긍하면서도 그 사람이 말의 집에서 산다면 참말의 답이 나올 것 같았다. 그 물음의 답이 벌써부터 내 가슴의 꽃을 더 이상한 꽃으로 만들고 있었다.

말 속에 있는 그리움이 가슴속의 그리움보다 더 그립다는 것이 오늘의 정서다. 가슴이 없는 세상, 가공의 세상, 자연이 없는 세상에서 말로 훼손당한 그리움은 이제 치유될 길이 없다. 그래도 생은 항상 막장에서 길이 열렸다. 선지식의 눈먼 이야기가 그 길을 연다고 했다.

눈먼 맹인이 최고수의 검객이 될 수 있다는 이야기가 그것이다. 이야기의 길은 이렇듯 아주 터무니없는 것일 수가 있다. 그것이 소설의 길이다. 그런데 이제 사람들은 소설로 읽히는 길을 살지 않는다.

눈먼 이야기는 눈 뜨고도 보지 못하는 이들의 길을 여는데, 그들은 눈 밝은 이야기의 기능만 익힌 눈을 믿고 산다는 것이다. 눈먼 믿음의 눈으로 사는 이 막장 이야기가 희망이다. 눈먼 검객이 눈뜬 검객을 벨 수 있기 때문이다.

그렇다. 뒤집고 멈추지 않으면, 그 틀을 깨지 않으면 이야기는 이야기일 뿐 소설이 될 수 없다. 뒤집고 뒤집히는 이야기를 멈추고 이야기 속에서 빠져 나오면 거기서부터 이야기는 소설이 된다. 그리고 소설은 아픔으로 끝나서 다시 생성하는 기쁨의 이야기로 부활한다.

처음 만난 너의 살은
내 살의 말을 들었다
이상하다 이상하다
어둠은 밝다
그 말을 몰라 나는 허둥댔다

나를 놓아버리고 멀리 나아갔다
어디인지 모를 이곳
눈은 온통
팔만 말씀의 네 입술
이제부터 산다는 것은
네 입술 하나하나
입맞추는 일

지나치게 설명하려들면 오히려 설명이 보아야 할 것을 가린다. 그래서 끝내 말할 수 없는 말 속에 사랑도 사람도 숨어 있다. 비로소 그 사람 가슴속 숨은 꽃을 보고 나는 말할 수 없는 말 대신 미소지을 뿐이다.

흙이 꽃을 피운다 _ 29

불의 몸은 붉다. 그 색깔에 취해 불을 피라고 부른다.

물의 몸은 푸르다. 먼 아주 먼 하늘이 내려온 것이다. 그래서 오늘도 물속에 하늘이 있다.

바람은 흔들림의 리듬이며 그 외침이다.

불 물 바람을 세 가지 재앙三災이라고 부르는 까닭이 있다. 이 세 가지가 힘을 쓰면 막을 길이 없어 지구도 우주도 없게 할 수 있다는 것이다.

불 물 바람, 이 세 가지에 흙이 합하여 사람 몸을 이룬다.

그렇다면 사람 몸이야말로 괴력을 낼 수 있는 결정체다. 그렇지 않고서야 어찌 영혼이 머물며 조화를 부리는 집이 되겠는가. 영혼이 그 집을 떠나면 사람 몸은 본디 4대 원소로 돌아간다. 불 물 바람 흙.

이러기로 불 물 바람 흙은 어머니의 어머니고 아버지의 아버지다. 하나의 아버지로 하나의 어머니로 돌아가는 길이다.

태극의 불과 물, 그 물고 물림의 환은 원융의 길을 찾는 형상이다. 여자 속의 남자, 남자 속의 여자가 서로 물고 물림의 환. 불 물의 바람개비.

내 속의 불이 나를 불 지른다. 내 속의 물이 내 속의 불을 끈다. 내 속의 바람이 내 속의 불을 춤추게 하고 내 속의 물을 숨결로 바꾼다. 이것들에게 나는 한 번도 말을 걸어 본 적이 없었다.

불이 뜨겁다.

물이 깨끗하다.

바람이 시원하다.

말을 걸고 반향을 살폈어야 했다. 몸에게 무심했던 생을 돌아보면 아득할 뿐이다. 이제라도 늦지 않았다. 불의 말을 듣고 물의 말을 듣고 바람의 말을 들어 내 속의 속 이야기를 읽어야 하리.

배꼽은 늘 불을 켠다. 생의 불꽃이다. 온 전신의 피를 덥힌 불은 꽃으로 피어난다. 피어난 꽃은 꽃의 말을 들으란다.

배꼽이 숨 쉬는 불의 말은 장엄하다. 오오, 뜨거워 죽는다. 꽃의 몸부림, 요동하며 신음한다. 몸이 몸을 아는 신음이다. 부정한 생각을 치유하는 배꼽의 불은 웃는 꽃의 얼굴을 우는 꽃의 신음을 비춘다.

몸의 물이 침으로 땀으로 콧물로 눈물로 오줌으로 솟아나서 하늘에 이르기를 갈망한다. 물은 갈망의 길을 안다. 물은 낮아지고 낮아져서 하늘에 이른다.

바람이 하늘그림자를 만든다. 그리고 그림자 편지를 쓴다.

구름이다.

구름이다.

너와 나, 우리는.

마침내 하늘그림자.

땅에 내려와 스미고 스민다.

그렇게 하늘그림자는 스미고 스며져서 있는 것이 무엇인지를 무형으로 알게 한다. 사람도 하늘그림자라는 것까지.

이제 나는 나에게 묻는다. 영원하지 않고 끝이 있다면, 그날이 내일이라면. 내 몸이 답한다. 그래도 먹고 마심을 쉬지 않는다. 나는 그저 그렇게 있다는 것이다. 불이 물이 바람이 지금도 내 몸을 지나가고 있다.

흙이 꽃을 피운다.

내가 있어 네가 있다 _ 30

너는 나를 찾아와서 머뭇거리다 안할 말을 했다.

"다시는 못 뵐 것 같아요."

나는 너의 눈을 깊이 들어다보았다. 아하, 그 몹쓸 때가 이르렀구나. 맑고 빛났던 너의 창, 그 눈에 어둠의 너울이 밀려오고 밀려갔다. 나는 조심스럽게 너의 심연을 찔러보았다.

"진짜 하고 싶은 말은 따로 있는 것 같은데."

너는 내 눈을 피하며 말을 받았다.

"그의 눈을 보면 온몸이 굳어져 그를 안을 수가 없어요."

나는 너의 남자 얼굴을 떠올리며 고개를 끄덕였다.

"그래서 자살을 하겠다고."

"자꾸 어둠 쪽으로 제가 끌려가요. 이 마음을 어쩌면 바로 잡을 수 있지요."

나는 너에게 답했다.

"그 생각이 너를 그르친다. 생각을 놓아라."

너는 나를 측은지심의 눈으로 바라보았다. 선하고 바보 같은 그 눈의 힘이 내게 참말을 하게 했다.

"너는 지금 나를 아파하는구나. 불쌍히 보는 눈이 아파하면 치료할 약이 없다. 그 눈을 감아라."

너는 눈을 감고 나를 안았다.

이 간추린 이야기는 나를 찾아와 자살을 고백한 여자에 대한 글이다. 그녀는 분명 자살하고자 하는 생각을 없애려고 나를 찾았다. 그런데 글의 내용은 나와 여자의 관계가 모호하고 아리송할 뿐 아무데도 자살 충동을 억제시키거나 끊어낸 흔적이 없다. 그럼에도 불구하고 이 관계의 아픔은 빛과 어둠을 안은 나와 그녀에 대한 마음작용을 그대로 그렸다는 사실을 부인하기 어렵다.

여기서 문제는 안는다는 것이다. 대다수 사람들이 남녀가 서로 안으면 무엇을 알아버리는 것으로 착각한다. 물론 나와 너의 감촉으로 몸의 일에 일체감을 느낄 수는 있다. 그러나 그 안음이 몸만이 아니라 마음까지 송두리째 안은 것일까. 답은 아니다. 그렇다 둘이면서 하나로 묶인다. 이렇듯 '내가 있어 네가 있다.'는 관계의 답은 둘이면서 하나다. 둘이면서 하나의 뜻은 자연한 것이어서 답이 없는 답이 필요하다.

모든 있음에 대한 물음은 답이 없는 답으로 있음이 극명해진다. 그래서 가만 있어야 한다. 물으면 물을수록 답 속을 헤매거나 오히려 답에서 멀어져 모르게 되기 때문이다.

둘이면서 하나인 것에 대해서, 나와 너의 사랑이 하나라는 것에 대해서 우리는 서로 묻고 답했다.

그것을 누구는 길다하고 누구는 짧다하니까, 이에 맞서 누구는 그것이 무게가 있다, 누구는 무게가 없다고 첨언했다. 다 맞는 말이라고 머리는 해석하는데 왜 마음이 못 받아들일까. 이성과 감성의 싸움에 답을 구하면 몸이 마음을, 마음이 몸을 이겼다고 서로 착각할 뿐이다.

이기고도 못 이기는 싸움이 여기서 생겨났다. 참 묘한 것은 이 말장난 같은 말의 작용이다. 이기고도 못 이기는 싸움을 곱씹으면 우리 마음속의 몸이, 몸속의 마음이 태극처럼 서로를 안고 있음을 확인할 수 있다.

그러면 너와 나를 무너뜨리는 죽음에 대해서는 뭐라 말할까. 한 물건의 모든 멈춤, 죽음을 우리는 마음이 몸 안에 와서 몸 밖으로 빠져나가는 현상으로 안다. 그래서 생은 몸 안이 아프니 몸 밖도 아프다고 한다.

너와 나 있다는 이것, 이제는 조금 알겠다. 내 몸에 네가 들어왔다가 가고, 네 몸에 내가 들어갔다가 나오는 것이다.

이 앎은 그날 너의 등을 만지던 내 손이 한 말이다.

빛의 어머니, 그림자 _ 31

한밤중에 여자가 남자를 찾아왔다.

"나는 당신의 그림자예요."

남자에게는 아무 빛도 없는데 그림자라니. 무슨 그런 말을, 전혀 믿기지 않기에 남자는 어둠을 바라보며 웃었다. 소리 없는 남자의 웃음이 어둠 속 여자를 사로잡았다. 순간 여자는 현상을 뒤집었다. 잡히고 잡자는 것이었다. 여자는 남자의 형상으로 몸을 바꾸고 그 그림자가 되어 빛을 발했다. 남자는 눈이 부셔 남잔지 여잔지 모를 형상 앞에 무릎을 꿇었다. 남자의 마음이 순해졌다. 순한 남자는 마음의 눈이 열렸다. 비로소 남자는 여자의 부름을 받고 빠져나간 자신의 형상에게 무릎을 꿇은 것을 알았다. 남자의 눈에서 하염없이 눈물이 흘러내렸다.

남자는 그 꿈을 아내에게 그대로 이야기했다. 아내가 입이 째지게 하품을 하고 전혀 가늠할 수 없는 미소를 지었다.

"이제야 빛의 어머니 그림자를 보았군요."

이 무슨 귀신 기침하는 소린가. 그림자를 신봉하는 신앙의 말인가. 남자는 사지가 굳어졌다. 이것은 분명 아내가 남편을 시험하는 화두다. 화두가 풀리지 않으면 굳은 사지 또한 풀리지 않을 것이다.

마음이 흔들리면 그림자가 생긴다. 화두를 붙들고 남자는 사람 속으로 깊이 빠져들었다. 한 길 사람 속은 땅에서 하늘에 닿았다. 그 깊고 높은 곳, 보이지 않는 곳에 이르러서 숨은 마음이 나타났다. 마음에는 남자와 여자가 공존했다. 남자의 마음이 흔들리면 남자에게서 여자가 빠져나가 그림자가 되고, 여자의 마음이 흔들리면 여자에게서 남자가 빠져나가 그림자가 되었다.

남자는 뻣뻣한 몸속 마음을 다잡아 일으켰다. 마음이 몸을 이기자면 여유를 갖고 유연해져야 했다.

"제발 알아듣게 말해 줄 수 없소."

남편의 말을 아내가 받았다.

"그동안 당신은 어둠도 빛도 그냥 지나치기만 하는 생을 살았어요. 오늘에야 어둠 속에서 빛이 나오는 걸 아셨잖아요. 그 빛이 당신의 어둠을 가지고 그림자를 만들어요."

그림자는 빛이 있으라 하는 창조의 명령에서 생겨났다. 그래서 믿음의 눈은 보게 된다. 빛 속에서 그림자가 나오고 그림자 속에서 빛이 나오는 것을.

빛의 앞쪽과 빛의 뒤쪽, 전체를 조망하는 현상에 그림자가 있다. 빛과 그림자에 대한 말은 이렇듯 단순하다. 그런데 단순할수록 어렵게 만드는 것이 있다.

'마음이다.'

마음을 위하여 원숭이 이야기를 하자. 코를 쥐고 있는 원숭이 상을 그려놓고 그 앞에서 절하는 사람들의 말이 가관이다.

'절하면 안다.'

원숭이가 왜 코를 쥐고 있는지, 나아가 원숭이가 무슨 신이 아니라 바로 나라는 것을 안다는 것이다. 냄새나는 나, 이 오물덩어리 나를 없이하지 않고는 냄새는 지울 길이 없다.

비우는 것과 절하는 것, 같은 말인데 사람의 근기에 따라 천차만별, 형형색색으로 비우고 절한다. 코를 쥐어 보이는 제스처도 그것의 하나다. 비우면 보인다, 절하면 안다는 말을 졸업하면 말의 진리에 가 닿는다. 비우면 보이는 것, 절하면 아는 것이 참말로 나다. 이것이 문제다. 이 나에 대한 답이, 나 아닌 것으로 답을 한다는 것이다.

일찍이 그림자 화두에 답이 있었다. 그림자가 사람의 본체에서 솟으면 그 형상 옳다 하고, 사람이 그림자 속에 안주하면 그 형상 그르다 했다. 그러나 화두의 답은 변화무쌍해서 손의 말이 발의 말을 따라 가고, 발의 말이 손의 말이 된다. 그래서 다시 답은 원숭이의 손에 있다. 지금 원숭이는 코를 쥐고 코 아닌 다른 것을 만지고 있다. 그것이 도대체 무엇이냐. 말하라. 빛의 어머니, 그림자의 숨결, 그 푸른 돌의 말이 그것이다.

"뭔 소리를 하는지 당최 모르겠다."

모르는 것만큼 좋은 것이 없다. 불상이 왜 벌거벗고 금옷을 입고 있는지, 왜 예수의 상에 원광을 그리는지, 모르는 것으로 족한 줄을 알면 최상급의 마음에 든다. 그리하여 당신은 그 알 수 없는 형상에 절하는 그림자, 빛의 어머니를 안다.

"달이 웃었다."

그 여자의 얼굴 _ 32

일본 만행사萬行寺에 가서 나는 유녀 명월明月의 얼굴을 떠올리고 그 얼굴에 겹쳐지는 많은 얼굴을 보다가 한 여자의 얼굴에 사로잡혔다. 여자 앞에 섰을 때 그 여자 얼굴에 다른 여자의 얼굴이 겹쳐 떠오르면 이 여자가 그 여자인지, 그 여자가 이 여자인지 마음이 오락가락하여 분간하기가 어려웠다.

몹쓸 남자의 마음이 여자의 얼굴에 홀리어 만들어낸 말이 있다. '여자의 여자얼굴'이란 말이 그것이다. 여자의 얼굴은 하나이면서 둘이고 둘이면서 하나인 요물이란 뜻이기도 하다. 이것은 그 말, '여자의 여자얼굴'에 취하여 꾼 꿈이지 싶은 이상한 이야기다.

한국 사찰과 구조가 다른 일본의 절 만행사. 나는 그 절 큰 문을 지나 오른쪽으로 칠팔 계단 올라서서 왼쪽 돌무덤을 무심히 바라보았다. 그 절 스님들이, 그리고 시주 참배객들이 사랑하는 유녀(명창 明月)가 잠들어 있다.

'너는 그녀의 숨결을 들으라.'

나는 그 유녀의 무덤 앞에서 최면에 걸려 심장을 뚫고 솟은 꽃 한 송이를 꺾어들고 합장 배례하며 명상에 잠겼다.

절을 한다는 것이, 특히나 500년 전 쯤 유곽의 여인을 성녀의 반열로 예우하며 절을 한다는 것이, 믿기지 않아 나는 내 뱃속을 들어다보며 의아해했다.

"도대체 무슨 속셈이 있는 거냐."

펄쩍 뛰다시피 나는 말을 받았다.

"전혀 아무 의도한 바가 없어."

사실이 그런가. 내 발길을 여기에 옮겨온 마음이 나를 점검했다. 아, 정직한 발길의 말씀, 만행사 안내문 한 구절이 나를 이곳에 있게 한 것이다.

'박복한 몸이었지만 신앙심이 깊었던 유녀 명월, 그녀 묘

유골에서 새하얀 연꽃이 피어났다.'

신앙심이 어떻게 깊었을까, 전설이 내 상상을 끌고 오랜 세월 저쪽으로 거슬러 올라갔다.

만행사에는 청맹과니 노승이 살았다. 명월은 불전에 꽃을 바치기 전에 먼저 노승은 찾아 인사를 드렸다.

"보살님은 부처님에게 바치는 연꽃처럼 아름답습니다."

"오늘도 스님 눈은 참 맑습니다."

"무명無明에 덮인 탁한 눈을 어찌 맑다 하십니까."

"스님은 항상 마음의 눈을 열고 계셔서 소인이 든 연꽃을 보시잖아요."

노승의 얼굴에 가만한 미소가 스몄다.

그리고 어느 날부터 노승은 명월이 불전에 꽃을 바치고 법당을 나서면 신발을 편히 신도록 돌려놓았다. 연꽃 유녀에 대한 당달봉사의 그 눈먼 부자연의 자연스러움, 부처와 보살의 환생에 다름 아니었다.

그 뼈의 꽃 전설에 홀리고 취해서 나는 유녀에게 절하고 울었다. 문득 울울한 뱃속에서 이상한 소리가 났다.

"네 뱃속의 속셈이 무덤 속 뼈의 말씀이다."

그렇다면 뱃속의 생각이 무덤 속에 들어 있다는 말이었다. 나는 기도하듯 뼈의 하얀 연꽃에게 속삭였다.

'그대 잠든 숨결 들리오. 뼈의 노래가 들리오. 마침내 그대 흰 뼈가 일어나 춤추오.'

나는 그녀의 춤사위를 향해 꽃을 던졌다. 꽃이 그녀의 유방에 가 꽂혔다. 흰 연꽃이 그녀의 유방에서 빛을 뿜었다. 이윽고 해골에 살이 차오르고 유녀의 얼굴이 연꽃처럼 환했다. 이 얼굴의 거울에 겹쳐지는 얼굴의 얼굴, 안팎의 얼굴이 서로를 품어 꽃의 얼굴을 피어냈다. 그 꽃인지 얼굴인지에 취해서 나는 중얼거렸다.

'모든 여자의 얼굴은 추하든 곱든 그대로 여자얼굴 원형이구나.'

그때 찰나적으로 여자의 손이 내 뺨을 후려쳤다.

'이 여자가 미쳤나!'

정신이 휑한 나는 서서히 살아나는 감각 속에서 어떤 깨우침의 법열을 일으켰다. 유녀의 돌무덤 속 유골에서 피어난 흰 연꽃이 내 뺨에서도 피어나고 있었다.

'아하, 그 여자의 얼굴!'

나는 흰 연꽃에서 그 여자의 얼굴을 보았다.

그렇다. 그래서 임제(臨濟:?~867. 임제종의 종주. 중국 조주 남화 출신 승려)는 제자 정상좌가 불법의 대의를 물었을 때 대답 대신 멱살을 잡고 뺨을 때렸다.

나는 뺨 대신 배를 만지며 유녀의 연꽃을 향해 웃었다. 유녀도 웃었다. 아니, 그녀가 웃었다. 알 수 없는 전혀 기억에 없는 여자가 웃었다. 내게 여자가 있기나 했던가.

뱃속의 검은 소리를 꺼내 흰 연꽃을 피우는 이치을 누가 알랴.

발이 마음이다 _ 33

말은 명상의 산물이다. 말 속의 생각이 생각을 생각하기 때문이다. 그렇기로 발이 어떻게 마음으로 보인다는 말인가. 발 가는 곳에 마음 가고, 마음 가는 곳에 발이 있다는 사실을 그렇게 이른 것이다.

마음은 둥글다. 그래서 바른 원(○)을 보면 마음을 보았다 한다. 그럼 '발이 마음이다.'를 어떻게 알아듣기 쉽게 말할 수 있을까. '마음이 둥글다.'고 말하는 것처럼 발에 대한 이야기를 둥글게 하면 된다.

마음 가운데 떠 있는 발은 어디를 가는지 자꾸 자취를 감춘다. 그때 발은 마음의 원을 찾아 돌며 둥글어진다. 둥근 마음을 밟고 돌고 돌다가 보면 발뿐만 아니라 그것이 무엇이든 마음의 원형상이 된다. 그런데 발의 형상은 아무리 들어다봐도 둥글지 않다. 다섯 발가락이 무엇을 가리키는지 알 수 없는 형상일 뿐이다. 그래서 그 이상한 형상의 발과 무형상의 마음이 조화를 이루는 것을 리듬이며 생과 사를 잇는 원이라 한다.

실로 그렇다. 발은 생을 짊어지고 어머니 뱃속에서 나와 죽음에게 가서 생을 부려 놓기까지 원형의 길을 완주한다. 그리고 마음에게 감사하는 발은 마침내 마음마저도 벗어나 순전한 동그라미가 된다.

'발이 마음이다.'

이 화두는 이미 석가가 열반의 몸을 나투어 답을 주었다.

울다가 지친 제자들이 안타까워 석가는 관 밖으로 두 발을 내 보였다. 일어나 앉아 제자들을 위로할 수도 있는 석가는 왜 발을 보이는 것으로 화두의 답을 거머쥐게 했을까. 생으로 오고 죽음으로 가는 발에 대한 화두의 답은 저마다 근기에 따라 다르지만 하나의 답에 이른다는 깨우침을 주기 위함이었다.

'발이 마음이다. 원만한 마음의 길을 완주하는 발이 너희 마음속 부처다.'

발은 어머니 뱃속을 나와 죽음의 종장에 이르기까지 마음을 짊어지고 마음의 길을 간다. 그 길이 어떤 길이든 발은 오로지 갈 뿐이다. 그렇게 발은 항상 원형상의 길을 가는데 화두를 붙든 이가 원 안으로 원 밖으로 빠져 나간다. 그러다 문득 깨달음의 말을 듣는다.

"발아, 이제 그만 마음의 동그라미가 되거라."

예수도 석가의 깨우침과 진배없이 제자들의 발을 씻어 주는 것으로 '발이 마음임'을 알게 했다. 만찬 자리에 들기 전 낮은 몸으로 예수는 열두 제자들의 발을 씻으며 일렀다.

"이 발은 마음이다. 가장 낮은 곳에 마음 두기를 잊지 말고, 항상 깨끗이 씻기를 게을리 마라. 지금 네 마음의 발은 나에게 와서 내 마음을 안고 너에게 돌아갔다. 이렇듯 언제나 우리는 하나의 원을 만들어 함께 있음을 기억하라. 그것이 이웃사랑의 근본인 마음의 일원상이다."

다시 나는 '발이 마음이다.' 화두의 답을 문학에서도 찾고 싶었다. 그 답을 듣자면 무슨 방편으로든 저승에 가서 동리 선생을 만나야 하는데, 나는 그 방편을 생각하다가 지쳐 그만 잠이 들고 말았다.

잠에는 시작과 끝의 맛이 있다. 아픈 맛과 편안한 죽음의 맛이 그것이다. 그래서 잠 속의 길은 이승과 저승을 오고 갈 수 있다. 동리 선생이 그 잠을 통해 내게 와서 꽃을 들어 보였다. 나는 미소로 답하지 않고 꽃의 말을 읽었다.

'환생은 잠 속에 있다. 그 시공을 오고 가는 발이 마음이다. 이 화두를 붙들면 이렇게 저승과 이승을 건널 수 있다.'

잠 안의 나와 잠 밖의 내가 선생에게 절하고 아뢰었다.

"사부님, 잠 맛이 참 달면서 아려요."

"그것이 죽음의 원래 맛이다."

나는 말이 끊어진 자리에 서서 동리 선생의 『등신불』 소설을 떠올렸다.

동리 선생은 당신이 쓴 소설로 영원하다. 이야기 중의 이야기 「등신불」이 선禪소설로 읽히는 까닭은 참으로 미궁인 인간

실존의 부조리를 보여주기 때문이다.

등신불은 타고 남은 마음의 불덩이 형상이다. 그 뜨거운 불덩이 형상은 뜨겁지 않는 불덩이 형상의 말을 할 수 있어야 한다. 불이 재가 되듯이, 붉은 빛이 잿빛이 되듯이.

동리 선생은 뜨거운 불의 뜻에 가까이 가고자 발로 말을 밟아 등신불을 찾아 그렸다. 그리고 선생은 불의 맛에 가 닿았다. 발이 마음의 길을 완주한 일원상, 등신불 이야기가 그것이다. 그런데 그 등신불은 전혀 일원상이 아닌 참혹하게 일그러진 사람 본전이다. 그러나 이 본전을 제대로만 읽어내면 등신불이 발을 들어 타다 남은 발가락으로 그린 원을 볼 수 있다는 것이다.

'일원상!'

낳고 죽는 원은 영원히 둥글다. 말도 둥글고 발도 둥글어서 온전히 둥근 마음이다. 그만 그 동그라미 마음의 불덩이에게 절이나 하자.

고흐의 귀 _ 34

'소를 타고 소를 찾는다.'는 화두를 '말을 타고 말을 찾는다.'로 바꾸어 사람 속의 말馬,言語을 묵상하고자 한다.

나는 어린 날 고향 뒷산에서 소도 타보았고, 성인이 되어 몽골 초원에 가서 말도 탔었다. 소와 말의 등허리, 그리고 내 엉덩이와 하초의 반응이 동시에 이상한 리듬을 탄다 싶은 느낌은 표현하기가 참 어렵고 두렵다. 엉덩이의 느낌은 여성성이고, 하초의 느낌은 남성성이고, 소와 말의 등허리 느낌은 양성적이었다. 이 세 리듬의 말을 융합하면 묘한 힘이 생겨났다. 밀고 당기고, 튀어 오르고 내려앉고, 흡입하고 쏟아내고, 열고 닫는 수행의 힘은 말(말을 타고 언어)을 찾아가는 길을 열었다.

생에 있어 누구나 묵상의 지혜를 말하고 싶어질 때가 있다. 말로 말을 찾아가는 것을 문장으로 지혜의 집을 짓는다 했다. 그러나 지혜가 참 지혜가 되기 위해서는 아이스러워져야 한다. 말을 타고 말의 천국에 가자면 천진난만한 어린아이의 심성이 되어야 하기 때문이다. 따라서 이 글은 어린아이의 노랫말이 되어야 한다. 이미 말을 타고 있는 어린아이가 누가 말을 태워주었는지 무슨 말을 어디 가서 찾아야 할지를 모르고 부르는 노래. 그 노래만이 화두에게 답을 한다는 것이다.

화두는 그렇게 물음을 던지고 답한다. 그 푸른 바위의 말, 그 물음의 그 답은 끝이 없다. 어린아이에게는 들을 귀가 없다는 것인지 있다는 것인지, 오리무중의 물음이든 답이든 말의 길을 찾아갈 뿐이다.

'그런데 왜 문득 고흐가 생각날까.'

귀 잘린 고흐의 자화상이 꿈에 나타나 웃는 까닭이 있다고는 하는데 그것이 무엇이냐. 진짜 화두다. 묻지 마라. 배고픈 귀의 얘기도 끝이 없다. 그저 미쳐야 산다. 죽음 뒤에도 사는 방법을 고흐는 미쳐서 알았다. 부활의 의미를 붙잡고자 고흐는 면도칼로 귀를 잘랐다. 그리고 그 귀를 들고 외쳤다.

"이것이 부활이다!"

"말을 탄 고흐, 말이 가는 반대 방향으로 앉아 어딘가를 가고 있는 고흐를 그리고 싶다."

영화감독이기도 하고 화가인 여자가 내게 와서 한 말이다. 나는 또 영화를 찍는 줄 알고 물었다.

"아직 이혼 위자료가 남았어?"

"염장 지르지 마. 영화는 끝냈고. 그림쟁이로 돌아가고 싶다는 말이야."

지쳐 보이는 그녀의 눈이 푸른빛을 뿜었다. 그 눈빛에 놀란 내가 입을 열었다.

"진짜 고흐를 그리려면 그가 왜 귀를 귀찮게 여겼는가를 알아야 해."

그녀가 조금 웃어 보였다.

"알아, 손이 면도칼에게 졌어."

"그럼 그 피 묻은 칼을 그려."

내 무심한 말이 칼이 되어 그녀의 가슴에 꽂혔다. 그녀가 찔린 가슴을 움찔거렸다.

"고흐는 손과 면도칼의 지고 이김을 알고자 귀의 피를 보았지. 그 피에 속은 고흐를 그리고 싶어. 그 상징의 형상은 문학과 미술의 절충에서 나와. 이런 그림. 말은 앞으로 가고, 말 등에 탄 고흐는 반대 방향을 바라보며 '우리 잘 가고 있는 거지?' 말에게 묻는 고흐의 표정, 정말 그리고 싶어."

나는 수긍의 눈빛을 보이며, 사족을 달았다.

"영화와 회화를 묶어두려 하지 마. 하나만 해. 고흐가 그림만 그렸듯이."

이생에서 무활無活의 의미까지 알아낸 고흐는 '부활復活이 무활의 있음에 답하고, 무활이 부활의 없음을 답한 그림'을 그렸다. 고흐는 지금도 귀의 붉은 피로 흰 사람을 그려내고 있다.

이야기똥 _ 35

소설을 어떻게 한마디로 말할 수 있을까. 있다. 이야기똥이다. 이 답의 해석이 쉽지 않다. 이야기가 눈 똥이 소설이란 말인지, 똥스러운 이야기가 소설이란 말인지 아리송하다.

사람은 제각이 얼굴이 다르듯 그들이 배설한 똥도 형태와 색깔이 다르다. 무르다 굵다 검다 누르다, 형형색색이다. 게다가 아름다운 몸을 만들고 버려진 것이라고는 하지만 무슨 놈의 냄새가 그리도 무지막지한지. 소설가가 창작한 이야기똥도 그렇듯 다양하고, 정신의 산물인 까닭에 고상할 것 같지만 전혀 천만의 말씀이다. 실로 저속하기가 똥의 구리기의 원조인 시취屍臭를 풍기는 것이 이야기똥이다. 아무튼 똥은 그렇다는 것인데 그것이 몸속에서 요지부동이면 사람은 종장이다. 살아생전에 그렇게 예쁘고 싱싱하다고 빨고 핥았던 몸의 앞쪽과 뒤쪽, 생과 사가 합일된 시취는 혼령을 떠나보내기 위한 마지막 봄의 향기로 모든 냄새를 초월한다. 참으로 생의 이야기, 사의 이야기, 그 혼합의 이야기똥이 인생을 대변하는 까닭이 여기에 있다. 그래서 피를 말리며 작가들은 이야기똥을, 시취 나는 원조 똥으로 누려고 안간힘을 쓰는 것이다.

어느 날 똥구멍이 째지게 가난한 젊은 소설가가 소위 낙양의 지가를 올리고 있다는 선배 소설가를 찾았다.

"자네가 웬일인가."

"선배님이 쓰는 소설을 제대로 배우고 싶어서 왔습니다."

"자네는 소설 잘 쓰기로 스승이 따로 없다 하지 않았는가. 괜한 소리 말고 차나 마시고 가게."

젊은 소설가는 한때 순수 본격문학으로 장대를 높이 든 만큼 아만도 높기로 소문이 났었다. 문학은 오로지 문학의 자로만 잴 수 있는 순수한 것이어야 한다던 그가 끼니를 위한 이야기똥을 어떻게 쓰는지 구체적으로 배우려왔다니, 선배가 오히려 당황했다.

“자네 어디 아픈가?”

그는 멀거니 찻잔을 내려다보다가 한숨을 내쉬듯 말했다.

“선배님, 맨 정신으로 얘기하기가 뭐하시면 나가서 술이나 한잔 하면서….”

“미안하이, 그동안 간이 굳어져서 술을 끊었네.”

젊은 소설가는 새삼 선배의 얼굴을 찬찬히 바라보았다.

“말술을 마시고 술을 쏟아내듯 글을 쓰셨는데, 앞으로 그만큼은 더 쓰셔야 할 텐데.”

선배가 알 수 없는 웃음을 머금고 말을 받았다.

“부드러운 간으로 셋을 썼으니, 이제부터 굳은 간으로 셋을 쓰면 되지 뭘.”

“아, 성한 간으로 셋. 굳은 간으로 셋, 셋셋!”

선배의 소설 쓰기의 비의를 깨우친 듯 그는 외쳤다. 그리고 집에 돌아와 그는 굳은 간으로 소설을 쓰다가 소리 소문 없이 죽고 말았다. 그런데 왜 세상은 그가 가난을 먹고 똥구멍이 째져 죽었다 할까.

그 지독하고 무지막지한 구린내 덩어리를 넘어선 시취 나는 문학의 똥 한번 잘 누려고 그는 안간힘을 쓰다가 그만 죽었다. 이 인간 희극의 아이러니는 세상과 작가와 문학을 비웃었다. 값을 주고 살 수 없는 곡기를 끊고, 값없는 공기마저 주리다 똥구멍이 째져 죽는 작가의 죽음. 여기서 또다시 이야기 똥 소설은 시작될 뿐이다.

몸은 물이다 _ 36

'산은 산이요, 물은 물이다.'

이 화두는 밤낮 없이 성철 스님의 몸을 지나 마음을 지나갔다. 더 지나갈 것이 없는 데서 '몸은 몸이요, 마음은 마음이다.'를 일으켜 세웠다. 아, 그것이 이것이다. 몸이 춤추고 마음이 장단을 맞춘다. 그 춤사위의 답은 사람에 따라 각기 다르다. 화두가 팔만 가지 답으로 둔갑하여 마음을 마음이 아니게까지 만드는 것에 속지 말아야 한다. 속지 않고 찾고 찾으면 몸과 산이, 마음과 물이 본디 넷이 아니고 하나라는 답이 나온다. 물은 흘러 흘러서 산 지나 몸 지나 마음 지나 물에게 와서 봄 여름 가을 겨울 잠을 잔다.

몸을 느낀다. 암수한그루 사랑이다. 하나로 포개져 생성의 빛에 취하는 신음의 노래다. 마음이 생각 속에 들어가 몸을 본다는 말의 기쁨이 이것이다. 허파 염통 콩팥이 웃고 운다. 몸은 몸에게서 웃는 힘, 우는 힘을 본다. 생명의 아득함이다. 이것은 몸이 몸을 안다는 말이기도 하다. 몸의 생동하는 기운을 본다는 것은 선의 아름다움인데, 몸의 일이면서 마음의 일이다.

여자가 알몸으로 등신대 거울 앞에 서 있다. 여자는 자신의 몸에게서 남자의 몸을 본다. 몸의 경험이 몸꽃을 피운 것이다. 문득 남자의 몸에서 황홀한 여자의 몸이 피어난다. 남자나 여자나 내 몸이라는 이것을 주고받는 환상은 비로소 물이라는 이것, 흘러서 흘러 몸을 벗어버린다.

몸속의 마음이 동하는 느낌을 감성으로 응축시키면 시詩가 된다. 그러기에 시가 웃고 울고 기뻐서 슬퍼서 눈물을 흘린다는 것이 하나도 이상할 것이 없다. 시의 몸도 생물학적 변환 구조물이라는 말이다. 눈물을 흘리는 병에서 비롯한 사랑이

시의 눈물로 푸른 사랑 붉은 사랑 흰 사랑을 씻어서 더욱 정화시킬 수 있다는 말이다. 학이 병들어 기침을 하고, 미친 원숭이가 방귀를 뀌어대는 것도 알고 보면 시의 눈이고 입이고 귀라는 것이다. 생이 참말로 힘들 때 시를 찾아 읽으라는 말이 여기서 근원한다. 몸도 만나고 물도 만나는 시는 연꽃봉오리에서 낮아지고 낮아져서 시궁창도 만난다. 시로 대중의 사랑을 받는 시인이 시도 붙들면 화두가 된다며 '시는 시요, 꽃은 꽃이다.' 했다.

'아무렴, 다 물이 지나가는 소리다.'
성철 스님의 귀가 하는 말이다.

어린 마음이 늙은 마음에게 _ 37

마음은 어리고 늙음의 층이 없다. 마음을 재는 자尺가 있다고는 하나 무형의 자는 그야말로 무형을 잴 뿐 형상을 말하지 않는다. 아무리 생각이 마음의 층을 쌓아도 마음의 높낮이는 돌고 돌아서 둥근 원이 될 뿐이다. 그렇다면 이런 일화도 가능하지 않을까.

마음을 찾겠다고 갓난아기가 어미 뱃속으로 다시 들어갔다. 나왔던 길이 들어가는 길을 아기에게 알려준 것이다. 이것은 말이 되는 말이 아니다.

아기가 제 몸속으로 들어간 줄을 모르고 산모는 아기가 없어졌다고 울고불고 정신을 잃기까지 했다. 아기가 어미의 울음소리를 참지 못하고 뱃속을 다시 나왔다. 그리고 아기는 마음 찾는 일을 잊어먹었다.

어미 울음이나 아기 울음이나 서로의 생명을 부르는 노래이기는 마찬가지다. 그러나 이 순수한 생성의 울음노래가 끝나면 웃음의 노래가 서로를 죽인다.

여자의 웃음노래가 남자를, 남자의 웃음노래가 여자를 물어뜯어 죽인다. 심장의 일, 그놈의 하트의 일은 원래 그런 것이다. 그래서 남자의 낮은 가슴과 여자의 높은 가슴 형상은 그렇게 다르다.

음과 양이 달리 태극이 아니다. 산 마음이 죽은 마음에게 절하는 형상, 참으로 절묘하고 원융무애하다. 거기서 부활마음이 생겨난다.

무쇠소 _ 38

나이가 들면 철난다는 말은 상식이다. 이를 달리 말하는 지혜의 말이 있다. 나이 들면 누구나 노망한다는 말이 그것이다. 우리 모두에게 노망의 첫 단계가 온다. 아침잠인지 낮잠인지 밤잠인지를 모르고 잠을 잔다는 몸의 일이 그것이다. '죽음이 잠이다.'를 연습하는 몸이 마비시킨 마음을 가지고 노는 이것. 그렇다. 노망, 소위 치매는 진짜 노인에게 이르는 잠을 먹는 일이다.

노인은 선잠 꿈속에서 무쇠로 만든 소를 타고 불속을 지나갔다. 무쇠소가 불에 달구어져 몸을 태우는데도 노인의 마음은 시원하다.

"꿈이니까 그런 거야."

노인의 잠이 노인의 마음에게 말한다.

'아, 잠의 말을 듣다니!'

그리고 노인은 아주 잠에서 깨어나지 않았다.

꽃이 똥이다 _ 39

순환의 둥근 사상을 놓고 이것이 마음이다 하면 거기에 광배가 생기고 부처가 나타난다. 마음속에는 예나 지금이나 부처가 있다. 그 믿음으로 마음을 바라보면 진리의 요상한 형상이 보인다.

보인다는 허깨비로 말하자면 사자와 돼지는 별반 다르지 않다. 똥을 누지 않으면 죽는다는 데 묶이어 같은 속屬이다. 하기야 이 속에 묶이지 않는 생물이 있을까마는. 다르지 않다는 이 경계에 서기가 어렵다. 돼지다 사자다를 말하는 것이 어려운 것이 아니라, 똥이다 꽃이다를 말하기가 어렵다. 이 경계를 타넘다가 불광佛光이 터진다. 순간 단박에 사람이 부처가 된다는 것이다. 똥이 꽃이다가 꽃이 똥인 이치를 깨우치면 모든 냄새는 하나의 향기가 된다. 이것이 사람냄새를 지나간 부처냄새다.

그렇다 하면서도 사람은 부처 속에 들어가 부처 대신 똥을 누고 누구 똥이냐 묻는다. 사람 똥이다 하면 부처가 웃고, 부처 똥이다 하면 사람이 웃는다. 개똥밭 노란 참외 같은 이 웃음을 화두로 붙들면 두 웃음의 똥 냄새가 융합하여 노란사람이란 부처를 만나게 한다.

밥버러지 _ 40

밥 먹는 버러지들이 배가 터져 죽을 수도 있다는 생각은 참 사람스럽다. 이 순순한 생각이 사람을 큰 바보의 길로 인도한다. 사람 머릿속에 미혹만 들어 있는 것이 아니라 진리도 들어 있어 그렇다는 것이다. 그럼에도 사람이 만든 물질의 진리를 먹으면 배가 터져 죽는다. 물의 어머니, 바다를 통곡하게 한 세월호 참사가 그 교훈이었다. 그 도의 길을 어린 생명의 꽃들이 희생의 향기를 뿜어 보여주었다. 사람이 만능이라 믿는 물질의 힘, 그것은 악귀들 욕망에나 쓰이는 전혀 힘 아닌 썩은 힘이었다.

그가 찾아왔다. 꿈인지 생시인지 모를 시공간이었다. 나는 이상한 생각에 사로잡혀 그가 누구인지를 몰라보았다.

"이제 완전한 밥버러지가 되었구나! 밥버러지의 눈에는 밥밖에 보이는 것이 없다."

나는 깜짝 놀라 무릎을 꿇고 머리를 조아렸다.

"다시 한 말씀만 하소서. 그 말씀 붙잡고 일어서리다."

이미 늦었다. 나는 나에게 말하고 머리를 들었다. 그는 허공에 자취를 남기고 사라져버렸다. 뱀 허물처럼 벗어놓은 허공의 자취, 나는 그 뱀 허물에게 절하며 지혜를 구하는 한 마리 뱀 새끼였다.

'이 비속한 뱀 새끼는 죽어야 산다.'

물이 마른 뇌를 적셨다. 물은 물이다. 아니, 시방 우리에게는 물은 물이 아니라 바닷물인 것이 화두이다.

사람 감별법 _ 41

나는 너에게 무엇인가. 우리는 서로의 얼굴에서 나와 너를 읽는다. 그렇다면 얼굴은 나를 알리는 광고판인 셈이다. 사람들은 나를 광고하기 위해 화장만 하는 것이 아니라 성형수술까지 한다. 이제 사람 광고는 누구나의 일상이다.

모두가 이마에 '나는 이런 사람이다.' 써 붙이고 다닌다. 이 사람 광고는 사람 아닌 사람이 많다는 것이기도 하다. 그러나 이 말을 그렇다고만 믿을 수가 없다. 속이고 속는 마음이 환경에 따라 그야말로 천차만별인데다가 말하는 그 사람 몸 온도에 따라 다르고, 몸에서 이는 바람에 따라 얼굴의 말이 다르게 읽히기 때문이다.

그날 밤 나는 그와 헤어져 집에 돌아와 내 손에 들린 그의 손을 발견하고 놀라지 않았다. 역시 내가 그의 마음을 쥐고 있다는 표시를 그도 단단히 하는구나. 그렇게 생각하니까, 그의 손이 내 손에서 사라졌다. 손에 손을 잡고 우리는 무슨 말을 했던가. 생각을 더듬을수록 아득한 저쪽 안개 속이었다. 나는 한참 안개 속을 헤매다가, 사람 자체가 안개인데, 하고 그 깊이를 묻지 않았다.

꿈이지 싶은 현실도 많다. 그것이 굳이 사랑이다 우정이다 뭐다 하지 말자. 시간 속에서 변하고 사라지지 않는 것 없잖은가. 지금 그저 나는 행복하다. 그냥 그대로 느끼는 것이 괜찮은 생이다. 나는 다시 그의 손을 내 손에 쥐어 보았다. 이번에는 그의 귀가 내 손에 쥐어졌다. 그의 귀가 웃었다.

'아하! 웃음도 손아귀에 쥐어지는 것이구나. 그래서 미소는 입과 눈에 어리기만 하고 소리가 나든 안나든 마음 소통의 길을 연다. 아무렴 그의 두 입술 떨림이 나의 마음문을 열고 웃음꽃 향기를 날린다.'

이놈의 이상한 웃음꽃, 이것의 냄새와 빛깔이 사람 감별법을 아주 혼몽하게 한다. 얼굴에 쓰인 글은, 아니 광고는 광고

가 아니다. 얼굴은 요상한 꽃이다.

그날 이후 나는 그의 손을 잡지 않았다. 그리고 잡지 않고 잡힌 손을 보았다.

그 소식 _ 42

눈이 온다. 하늘의 소식이 내린다. 눈은 하늘의 흰 말이다. 그렇구나, 진아! 참 나를 부른다는 이름아, 이것이 나에게 내가 소식을 전하는 시공을 넘나드는 답이다.

파란 하늘에서 파란 눈이 내린다. 검은 하늘에서 검은 눈이 내린다. 하얀 하늘에서 하얀 눈이 내린다. 나는 어느 하늘의 눈을 소식이라 말할까. 어느 하늘의 소식을 눈이라 말할까. 눈밭에서 춤을 추는 파란 사슴, 검은 사슴, 흰 사슴에게 물었다. 사슴뿔이 답했다.

파란 사슴뿔에 걸린 하늘에서
검은 사슴뿔에 걸린 하늘에서
흰 사슴뿔에 걸린 하늘에서 소식이 내린다
눈이 내린다.

진아!
지금 창밖에는 눈이 내린다
그때처럼
파란 가슴에
검은 가슴에
흰 가슴에 눈이 내린다.

진아!
우리는 그것을 본다
소식을 본다
눈을 본다
흰 말言을 듣는다.

사자와 외뿔소 _ 43

사자가 웃고, 외뿔소가 울었다. 외뿔소가 웃고 사자가 울었다. 왜라고 묻지 않는 것이 좋다. 그들의 싸움은 신도 못 말리는 싸움이었다. 사자와 외뿔소의 싸움을 보고 죽음이 웃고, 생이 울었다. 생이 웃고 죽음이 울었다.

그리고 사자와 외뿔소의 탄생, 거기서 깨달음의 길이 열렸다. 비로소 그 여자, 그 남자도 웃고 울었다.

사자가 외뿔소를 타고 여자 앞을 지나갔다. 외뿔소는 사자를 업고 남자 앞을 지나갔다. 타고 업는 것은 같은 형상인데 여자의 말 다르고 남자의 말 다르다. 느낌이나 내용으로 같은 것이 말로는 아주 다를 수가 있다. 여자는 남자를 업었다 하고, 남자는 여자를 탔다고 하는 이것이 사실에 이르는 말이다. 그때 여자가 웃었는지 남자가 울었는지는 사자와 외뿔소만이 안다.

북을 칠 줄 알아야지 _ 44

바위에게 입이 있다. 참말을 하는 입은 오로지 바위의 입이다. 바위의 입은 항상 그 말만 한다.

"북을 칠 줄 알아야지."

돈 명예 권력이란 카드를 내놓고 유혹을 해도 오로지 답은 이 말뿐이다.

"북을 칠 줄 알아야지."

세상 한다하는 사람들이 찾아와 무슨 물음이든 던지면 받는 단칼의 말.

"북을 칠 줄 알아야지."

이 말을 들을 줄 아는 사람은 드물다. 그래서 바위의 입은 본 사람도 드물다. 쓴 맛은 쓴 맛, 단 맛은 단 맛이다. 그렇다. 북 소리는 이 자연한 맛의 힘으로 쳐야 제 소리 제 맛을 낸다.

그때 실성한 한 광녀가 있었다. 그녀는 입을 헤 벌리듯 몸도 항상 열어놓았다. 하루는 그녀가 그 고을 유명 사찰의 큰 스님 승복 바짓가랑이를 붙잡고 하소연했다.

“스님 물건이 크다고 소문이 났습디다. 그 물건으로 빈 내 물건 속 좀 채워 봐요. 하늘과 땅의 만남이 뭔 맛인지를 알게.”

스님이 광녀처럼 정신 나간 남자가 되어 말을 받았다.

“그래, 보살 물건을 채워주기 전에 내 물건이 큰지 안 큰지를 시험한 다음에….”

“뭔 시험을?”

“내 제자 중에 진짜 큰 물건을 가진 자가 있어. 그와 내가 물건으로 승부를 낼 테니, 지켜보오.”

스님은 제자와 함께 큰북 앞에 물건을 들고 섰다.

“자, 들어보오. 북소리를 크게 내는 쪽이 큰 물건이오.”

광녀의 마음에 가 닿으려고 스님이 물건으로 북을 쳤다. 북

소리는 나지 않았다. 그러나 제자의 물건은 북소리를 크게 냈다. 스님이 일갈했다.

"북을 칠 줄 알아야지."

맛 좋은 무 _ 45

맛 좋은 무의 맛은 무맛이다. 무의 없는 맛은 본래 참맛이라는 뜻이다. 여기에 물음이 생긴다. 맛이 없는 것이 있을 수 있는가. 없다. 있다. 없는 맛으로 맛이 없고, 무의 맛으로 맛이 있다. 둘 다 있고도 없는 것이 맛이라는 뜻인데 말장난스럽다.

잇몸에 이빨이 없어 말이 샌다. 혀 끝에 넘어진 말의 맛이 목구멍에 꽃을 피운다. 그 꽃 목구멍을 넘어와 울음꽃에게 간다. 만 가지 꽃이 하나의 꽃에게 절하고, 하나의 꽃은 만 가지 꽃에게 절하는 이것은 꽃맛을 안다는 뜻이다.

그런데, 왜 무맛이 안다는 맛으로 통할까.

비가 온다 _ 46

비가 온다. 나무가 목욕하는 날이다. 나무는 안다. 언제 옷을 벗어야 하는지를. 비 오기 전에 겉옷을 벗기 시작하여 마지막 속 날개옷 벗은 몸에 비가 듣기어야 한다. 그때를 아는 나무는 몸으로 아름답다.

여자나무는 남자나무를, 남자나무는 여자나무를 그 순간 몸으로 알아본다. 나무의 눈이 깨끗이 씻긴 비오는 날에.

그리고 나무는 눈이 오시는 날도 옷을 벗는다.

진리의 형상 _ 47

진리의 형상이 있다 없다 말들이 많다.

"둥근 원을 그려놓고 이것이 진리다."

그렇게 말한 고승의 빰을 후려친 그의 젊은 상좌를 나는 안다.

"어찌 그런 무례한 짓을 할 수 있소?"

내가 물었다.

"화상이 노망이 들어 원을 그려놓고 마음이다, 진리다 오락가락하니 정신 차리라고 한 대 먹였지."

"그래 그대는 진리를 무엇이라 하오."

"진리의 형상은 분명 있다. 한데 이것이다, 하고 그리려 하면 진리는 모습을 감춘다. 그러니 진리는 그릴 수 있는 것이 아니다."

그의 답도 오리무중이기는 마찬가지다.

진리는 찾으면 볼 수 없다. 숨은 얼굴은 진리가 아니기 때문이다. 그렇다고 찾는 자체가 진리라는 말은 하지 말자. 찬찬히 생각의 눈을 뜨면 천만가지 모습으로 진리는 있다. 그런데 그 많은 것이 진리의 모습 하나로 보이지 않는 데서 문제가 생긴다. 그렇다고 찾아 헤매던 길을 멈추고 발이나 씻고 잠잘 수는 없다.

깨어 있으라. 그러면 반드시 진리가 생에 대해서 답한다.

생이란 아무리 깨어 생각하더라도 가난뱅이로 안 살 수 있는 방법이 없다. 부자든 가난뱅이든 '내 생은 충족하다.'고 말할 수 없기 때문이다. 왜 사람의 생은 그리도 채워지지 않는 욕망 주머니인지. 진리가 생을 아파하는 까닭이 이것이다. 자족을 모르는 불쌍한 생. 생은 마음이 이끄는 길이 욕망인지 자족인지 모르고 갈 뿐이다.

그리고 노인은 울었다. 누군가 눈물이 노인을 삼키는 것을 보았다. 사람 몸에는 그렇게 많은 눈물이 있어 말을 정화시키고, 몸과 마음을 정화시킬 수 있는데 울지 않는다고 노인은 울었다. 그래서 노인의 우는 노래가 절창이기를 바라서 피리가 따라 울었다.

실례 앞에서 _ 48

몸이 마음에게 실례했다고 무릎을 꿇었다. 마음이 몸을 내려다보며 말했다.

"몸이여, 그대가 실례할 때 나는 그대 속에 없었네."

이렇듯 여자의 몸이든 남자의 몸이든 저절로 열려 마음에게 실례할 때가 있다.

그는 마음은 열고 몸을 열지 않았다. 몸이 아프냐고 마음에게 물었다. 열린 마음이 죄의식에 사로잡혀 몸 밖에 있었다고 했다.

그는 몸은 열고 마음을 열지 않았다. 마음이 아프냐고 몸에게 물었다.

"아프지 않아요. 당신도 몸만 열잖아요."

몸이 대답했다.

그는 몸도 열고 마음까지 열었다. 우리는 서로의 몸과 마음 속에 들어가 온전히 하나가 되었다.

마음이 허공에 떠서 누군가를 바라본다. 여잔가 남잔가, 중성이다가, 그가 나라는 사실에 놀라지 않는다. 단지 아직 허공의 의식에 나는 자유롭지 못할 뿐이다. 서서히 아주 서서히 자유로울 것이다.

밤이 낮에게 밝아 가듯이. 낮이 밤에게 어두어 가듯이.

금빛 물고기 여자 _ 49

금린金鱗이란 이름을 가진 여자가 있었다. 금린, 금빛 물고기다 싶게 예쁜 여자아이는 배꼽 밑에 금빛 비늘을 하나 달고 태어났다, 하여 그의 부모가 붙인 이름이다.

처녀가 된 금린은 사랑하는 남자에게 배꼽 밑에서 빛나는 금빛 비늘을 보였다. 비늘의 신비한 아름다움에 남자는 미쳐버렸다. 남자의 실성을 되찾는 길은 금린의 금빛 비늘을 먹이는 처방뿐이었다.

금린은 비늘을 떼어 남자에게 먹였다. 제정신으로 돌아온 남자가 금린의 금빛 비늘을 다시 보고 싶어 했다. 금린은 비늘을 남자에게 먹인 사실을 그대로 말하고 비늘이 없어진 배꼽 밑을 보였다. 비늘이 떨어진 상처는 아물지 않고 진물이 흘러 금린의 음문까지 짓물렀다. 남자는 그 지독한 냄새에 금린에 대한 연모의 정이 뚝 끊기고 말았다.

남자가 정을 끊은 뒤 금린은 죽음에 이르기까지 남자를 보고 싶어 했다. 그야말로 죽어가는 사람 소원 들어준다는 마음으로 남자는 금린을 문병하러 갔다. 남자의 손을 잡고 금린은 애원하듯 간청했다.

"당신이 내 배꼽 밑 상처에 입맞춤 한번만 해주면 저는 여한이 없이 죽을 수 있어요."

남자는 금린의 애원을 들어주었다. 그 일이 있은 뒤 금린의 몸에서 악취가 사라지고 향기가 나며 상처가 아물고 금빛 비늘이 다시 자라났다.

*이 이야기의 인과, 그 법칙의 배후 진실을 읽게 쓰는 것이 명상스마트소설이다. 금빛 비늘이 향기를 먹고 자란 것이 아니라 향기의 뿌리 악취를 먹고 자랐다는 것이다.

밥과 물 _ 50

밥은 힘이다. 물은 그 힘을 나른다. 손끝 발끝 머리끝까지 힘을 나르는 물은 그저 흐르고 흐를 뿐이다. 몸의 자유가 이 흐름에서 꽃으로 피어난다. 그 꽃을 보며 누구나 마음공부를 할 수 있다.

오늘 내 몸이 너에게 가고 너의 몸이 나에게 오는 것은 밥과 물이 만나는 것이다. 밥처럼 물처럼 너의 우주 속에 나의 우주 속에 서로가 있어 삼매에 든다. 밝고 맑고 빛나는 자연 그대로 고요한 자리에서 나는 네 꽃으로 피어나고 너는 내 뼈로 자란다.

그 한마디 _ 51

죽을 때까지 바뀌지 않는 말. 그 말을 하고자 산다는 노인이 있다. 세 번 결혼한 노인은 얼마 전 다시 홀로 되었다. 사별한 첫째 부인이 두 번째, 세 번째 부인을 노인에게서 떼어놓았다는 말. 그 말의 진위를 지켜보고자 노인은 구십을 넘기고도 눈이 아직 밝다. 그 눈은 다시 네 번째 아내를 찾고 있다.

"자네는 내 마음을 알지."

노인의 말이 내 마음속을 휘저었다. 사람 마음을 안다는 것이 얼마나 무망한가. 나는 입을 꾹 다물고 살짝 노인을 곁눈질했다. 노인의 울듯 웃는 눈의 말.

"사랑이야."

마음 건너는 다리 _ 52

세상 시작에서, 세상 끝을 건너는 다리가 스승의 다리다.

말馬의 마음도 건네고, 나귀의 마음도 건네고, 사람의 마음도 건네는 스승의 다리를 찾으면 인생 공부는 성공의 길로 들어선다고 한다.

생도 사도 함께 건너는 스승의 다리. 그 스승의 다리는 잘리고 세상 끝은 멀다.

들오리 날아가다 _ 53

부부가 호숫가를 거닐고 있었다. 갈대밭에서 들오리 한 마리가 솟구쳐 날았다. 아내가 외쳤다.

"어머, 저 들오리를 좀 봐요!"

들오리가 날아가다 되돌아 와 똥을 찍 갈기고 날아갔다. 남편이 머리에 떨어진 들오리 똥을 털며 말했다.

"녀석이 기러긴가 봐."

아내가 남편의 코를 잡아 비틀었다.

"들오리라니깐."

손의 말을 듣다 _ 54

중국 무협영화에서 흔히 볼 수 있는 장풍이 생각난다. 손바닥에서 나오는 바람이 상대방을 날려버린다. 그런 손의 말은 듣지 않을 수가 없다. 죽음을 건져내는 손, 생을 사에게 밀어버리는 손, 악수를 하고 손뼉을 치고 먹고 마시고 실로 손이 하는 일은 참으로 많다. 그 손의 말을 들을 줄 알아야 생의 소통이 편하고 아름다울 수가 있다.

여자의 손이 남자의 손을 만진다. 촉감의 파장이 기의 문을 연다. 손바닥 혈 자리를 여자의 손톱이 파고든다. 남자의 얼굴이 붉어지고 숨결이 높아진다. 여자 손의 말을 남자의 손이 알아듣는 것이다. 여자가 남자에게 속삭인다. 손은 얼굴이고 몸이에요. 지금 거기가 시원하지요. 남자가 말 대신 웃는다. 여기가 눈이고 이곳에 신이 계셔요. 하고 신이 계신 곳을 누른다. 실체로는 아무도 볼 수 없는 신을 보고자 남자의 눈이 그새 스르르 감긴다. 눈을 감아야 보이고 느껴지는 신을 남자는 만난다.

'두 손을 내젓는 것 싫다는 표현이다.'

꼭 그렇다고 단정하는 것은 손님에 대한 예의가 아니다. 이 문장은 바루어야 할 곳이 있다. 손님이란 말이 문장의 이해를 너무 어렵게 만들고 있기 때문이다. 문장의 단어가 바르게 쓰여야 하는 까닭이 있기에 문장론이 있다.

그러나 문학어는 작가의 숨은 의도에 따라 문장론을 초월한다. 여기서도 '손님은 손에 대한 경칭이다.' 하고 작가의 의도를 읽으면 손에 대한 신성성 또는 죄성까지도 읽게 된다. 손님의 힘은 세서 기도의 예로 하늘에 오르기도 하고, 미움이 극하면 목을 조여 숨길을 막기도 한다.

그렇다. 손님의 힘은 생에게도 사에게도 어디든 미친다.

그것은 말할 수 없다 _ 55

살았다, 죽었다는 숨결의 쉼 현상으로 말할 수 있다. 들숨을 들이마시면 살고, 날숨을 내뱉지 못하면 죽었다 한다. 그러나 이것만으로는 생과 사의 이해가 미진하다. 여기에 뱀의 없는 발처럼 비유를 새겨보자. 토끼와 말은 뿔이 있고, 소와 염소는 뿔이 없다. 뿔이 없는 것이 있고, 뿔이 있는 것이 없는 이 비유야말로 생과 사를 대변한다. 따라서 죽음이란 뿔은 없던 것과 있던 것에 통하여 있다.

뿔이라는 친구가 죽어 관 속에 들었을 때 조문 온 두 친구 중 하나가 관을 두드리며 슬피 울었다. 그만 울게나. 다 듣고 뿔은 자네가 온줄 안다네. 그럼 한 번 물어보게. 도저히 믿기지가 않네, 진짜 뿔이 죽었는지 살았는지. 가만, 무슨 소리가 들리네. 아하, 뿔이 속삭이네. 그래, 내 귀에는 안 들리는데 뭐라 하는가. '살았다고도 죽었다고도 말을 할 수 없다.' 그리네. 뭐야, 산 것도 죽은 것도 아닌 것이 어떻게 말을 해! 그러니 아직 마음을 놓지 말게. 자네가 꾼 돈 안 줬다, 줬다 어떻게 말할지 모르니.

주검, 시신이 말을 한다. 영혼이 떠난 몸에게 날개를 달아 날아오르는 것을 보자는 이야기는 웬만해서는 설득력을 갖기 어렵다. 한데 말세에는 오히려 시신의 말을 듣는 산 사람의 귀가 많아진다는 것이 정설이 되고 있다. 도대체 이 공허한 말들은 어떤 답이 있어 그 실체가 증명될까.

그 답을 알고자 하면 죽음의 뿔을 바로 보란다. 이 말 없는 뿔의 색깔은 붉은가 파란가. 누구는 검다 하고 누구는 희다 한다. 또 아무는 이도 저도 색깔이 없다 한다. 실로 뿔은 붉지도 파랗지도 않는 투명이다. 산 것, 죽은 것 다 오고 가는 투명. 이 투명에 놀라는 놈은 마음의 귀가 막혀 살았는지 죽었는지 말할 수 없는 뿔의 말을 들을 수 없다.

통과 불가 _ 56

나는 내 욕망의 문앞에서 여자가 오면 통과시키고, 남자가 오면 통과를 불가하고 막아섰다. 그런데 어느 날 나는 눈에 이상이 생겼다. 분명 여자를 통과시켰는데 남자였고, 불가 하고 남자의 얼굴을 다시 확인하니 여자의 얼굴이었다.

욕망의 문은 몸이 여는 날은 사물을 육안이 보고, 마음이 여는 날은 사물을 심안이 보는 것을 비로소 알았다. 이 안다는 병통, 실제로는 모르는 것이다. 몸속의 마음의 불, 마음속의 몸의 불을 모르니 병통일 수밖에 없다.

몸을 태우며 타오르는 마음의 불, 마음을 태우며 타오르는 몸의 불, 나는 이 아파하는 불길로 있는 것도 보고 없는 것도 본다. 그리하여 나는 온전한 통과 불가를 위한 욕망의 문을 연다. 그리고 나는 하늘을 향해 염불한다.

'이 욕망의 문 통과하면 불가佛家에 든다. 참 나에게 들어간다.'

이 글을 읽는 이들이 뜻을 새기자면 아마도 한동안은 더 마음공부를 해야 알지 싶다.

그만두어라 _ 57

곡간을 지키는 놈이 있고 곡간을 터는 놈이 있다. 그런데 문제는 지키는 놈도 터는 놈도 나我라는 것이다. 하나를 둘이라 분별하지 말라. 네 속에 선과 악 둘이 있는데 필요한대로 하나를 선택하면 둘 다 아파한다.

그만두어라. 곡간을 지키지도 말고 털지도 마라. 이 동양 고래古來 철학은 사생관과 인생을 아주 떨떠름하게 만든다.

"없으면서 여유롭다?"

요즘 아이들 딱 질색인 말이다. 그들은 대꾸한다.

"없으면 없다. 없어 배고프면 피토하듯 죽겠다고 외쳐야지 무슨 개소리야. 일하고 먹겠다. 일자리 내놔. 일자리가 없어.

빵을 훔치겠다. 없어 훔치는 것은 죄가 아니다."

이제 뭐시든 그만두어야 할 때가 되었다. 세상 끝에 왔다는 것이다. 내가 나를 어쩌지 못하는 말세. 이 말세는 마지막 할 말들이 많다. 그래서 본디 남보다 내가 무섭다. 지키는 것, 훔치는 것 다 그만두자.

맛없는 말 _ 58

여자가 맛없는 말로 밥맛을 잃게 한다. 전에는 맛있는 말만 했는데. 때가 온 것이다. 그만 무릎을 꿇고 모자를 벗어야 한다. 만들어진 여자 속에서 여전사가 태어났구나 하고.

아내와 남편은 서로 나의 남자, 나의 여자를 만들려고 싸워 끝장을 보고야 만다. 그때 남자가 공손히 순복하는 마음으로 여자를 바라보면 그녀의 본심이 보이는데, 그 속에 어린 아이와 같은 참 남자가 있음을 깨닫게 된다. 남자가 여자한테 자유할 수 있는 힘은 그렇게 얻어지는 것이다.

여자는 맛없는 밥이다. 먹을수록 맛없는 말이 나오는 여자라는 밥이 있어, 남자는 세상 밥 어려운 맛을 이긴다.

누가 그걸 모르나 _ 59

뱀과 용이 섞여 놀아도, 들꽃과 장미가 함께 피어도, 그렇구나 하고 분별하지 않으면 평화롭고 행복할 수가 있다. 그런데도 사람들은 불평등의 의식을 내려놓지 않는다. 정말로 내가 자유인이 되자면 잘 나고 못 나고, 유식하고 무식하고, 부하고 가난하고를 가려 묻는 것을 내려놓아버려야 한다.

'누가 그걸 모르나.'

알아서 더욱 병통이다. 잘난 내가 못난 나의 뺨을 때린다. 앞길 막지 말고 비켜서라고. 못난 나는 다른 쪽 뺨을 내놓지 않고 비켜서지도 않는다. 유식한 내가 무식한 나의 정수리를 내려친다. 제발 정신 차려! 돈인지 똥인지를 알아야 뭘 해먹지. 뭐야, 병신. 내 정신이 네 정신이야. 부자인 내가 가난한 나를 마음 밖으로 내쫓는다. 마음문 두드리는 소리가 시끄럽다. 가난한 나는 늘 깨어 열리지 않는 문 없다고 마음문 두드리고 두드린다.

조주趙州 화상의 '간택을 그만두어야 한다.'는 말은 말장난이 아니다. 앎과 삶을 일치시켜 분별 같은 것이 생겨나지 말게 하라는 것이다.

지팡이가 용이 되다 _ 60

지팡이가 용이 되어 하늘과 땅을 삼켰다는 말이 상상되는가. 요상하고 괴상한 꿈이지 싶다. 그렇다. 꿈같은 현실이 있다는 말이다.

꿈은 꿈으로 다가서야 알아듣기 쉽다.

구걸하는 노숙자를 현대판 수행승이라 한다. 집을 나와 산절집으로 출가한 것이 아니라, 거리 길바닥을 수행처로 출가한 것이다.

하루는 노 수행승이 길가는 사람들을 모아놓고 지팡이 마술을 보였다.

"모세 형님의 지팡이가 홍해를 갈랐던 것을 이 자리에서 보여주겠소."

노숙자 주제에 무슨 사기를 치려고. 그러면서도 모인 사람들 시선은 그가 든 나무지팡이에 쏟아졌다. 그는 양재기에 주전자 물을 가득 넘치게 부었다.

"여러분을 홍해까지 모실 수가 없어 대신 이 양재기의 물을 지팡이로 갈라 보이겠소."

두 손으로 지팡이를 거머쥔 노숙자는 지그시 눈을 감고 중얼중얼 무슨 주문을 외웠다. 그 분위기와 행위가 노숙자를 온전한 수행자로 바꿔놓았다. 순간 눈을 번쩍 뜬 수행자의 입에서 얍! 하는 기합 소리가 나더니 양재기의 물을 향한 지팡이의 끝이 바람을 뿜어냈다. 서서히 양재기의 물이 양쪽으로 나뉘어 갈라졌다. 사람들 입에서 탄성이 터졌다.

"여러분, 이것은 절대 마술이 아닙니다. 모세 형님께서 저에게 오셔서 잠시 힘을 실어주시고 가신 것입니다."

그때 한 여자가 외쳤다.

"그럼 지팡이를 놓아 뱀이 되게도 하겠네!"

수행자가 여자를 보고 야릇한 웃음을 웃어 보였다. 여자도 따라 웃었다. 뭔가 서로가 통하지 싶은 웃음이었다.

"이 지팡이가 뱀이 아니라 용이 되어 하늘로 오르는 것을 보여드리지."

이번에는 아무 주문 없이 무심한 표정으로 수행자는 하늘을 향해 높이 들었던 지팡이를 바닥에 내려놓았다. 놀라운 일이 또 사람들을 경악시켰다. 바닥에서 몇 번 뒤척인 지팡이가 귀 달린 용이 되어 허공으로 사라져버렸다. 놀란 여자가 정신을 잃고 모로 쓰러졌다. 수행자가 쓰러진 여자를 일으켜 세우고 그녀에게서 지팡이를 꺼냈다. 그제야 정신을 되찾은 여자가 몽롱한 눈으로 수행자를 바라보며 다시 물었다.

"지팡이가 왜 뱀이 아니고 용이 되었지요?"

"모세 형님 시절엔 뱀으로도 여자를 꼬실 수 있었지만, 오늘날은 용으로도 여자 꼬시기가 쉽지 않아서지."

여자의 입이 열렸다.

"아, 내가 왜 정신을 잃고 쓰러졌는지 알겠어요. 지팡이라는 것이 한 생각이었어요. 뱀이라는 생각, 아니, 용이라는 생각. 용이 하늘과 땅을 삼켜버렸다는 생각. 그래요. 이제는 그 한 생각이 AI를 만들어 세상 모든 것, 돈도 사랑도 삼키고 있지요. 신께서도 요상하게 생각하는 AI가 머잖아 생각의 생각까지를 삼켜버릴 거예요."

그리고 여자는 생각 없는 웃음을 생각 없는 남자에게 웃어 보였다.

마음이라는 허공 _ 61

해와 달은 허공에서 산다. 지구도 그 허공 속에 있다. 그러니 허공은 얼마나 큰가. 그것은 상상이 가능하지 않다. 그저 헤아릴 수가 없어, 거기서 허공수라는 말이 생겨났다. 그렇게 말은 말을 낳아 현상을 그린다. 돈을 허공수로 소유한 아주 큰 부자의 불행지수도 허공수라 한다. 이를 뒤집는 가진 것 없는 사람의 행복지수는 헤아릴 것이 없는 허공지수에 묶이니 아무리 앞뒤가 틀리다 해봐야 허공수의 상징 이미지가 한 몸인 것은 어쩔 수 없다.

더 이상 허공을 말하면 공허해지고 만다. 하여 허공의 마음은 허공을 먹고 허공을 낳는다 할 뿐이다.

흙을 먹으면 흙을 낳고, 물을 먹으면 물을 낳고, 불을 먹으면 불을 낳고, 바람을 먹으면 바람을 낳는다. 먹고 낳음은 참 자연한 것이다. 사람 몸은 이 네 가지, 흙 물 불 바람을 먹으며 생육하고 번식한다. 그렇게 생육하고 번식하는 경계는 서로 넘나들며 자연한 것이다.

꿈이 현실을 먹고 현실을 낳고, 현실이 꿈을 먹고 꿈을 낳는 것 또한 자연하기는 마찬가지다.

'너는 똥을 누고, 나는 물고기를 누었다.'

동무와 강에서 물고기를 잡아먹고 배설한 똥을 보고 원효가 한 말이다. 신라 시대 불국토를 꿈꾸다 간 원효의 생각은 선문답으로 남아 있다. 말이 생각의 맛에 이르자면 생각을 먹고 말을 낳는 것이 아니라 생각을 낳아야 한다.

'갔던 것이 왔다. 이것은 새것인가 헌것인가?'

예수 부활에 대한 이 생각의 물음은 누구도 어느 쪽이다 말할 수 없다. 그저 하나님은 하나님을 먹고 하나님을 낳고, 예수는 예수를 먹고 예수를 낳고, 너는 너를 먹고 너를 낳고, 나는 나를 먹고 나를 낳고, 물고기는 물고기를 먹고 물고기를 낳고, 나무는 나무를 먹고 나무를 낳고, 허공은 허공을 먹고 허공을 낳았다 할 뿐이다.

이 자연한 것이 참 생각의 맛이다. 이에 근원하여 화두를 먹고 화두를 낳았다할 수 있다.

'화두가 내게 와서 낳는 것도 죽는 것도 다 먹었다.'

화두를 마음밭에 궁굴려서 이런 정도 생각의 경지에 들었다면 이야말로 부활이란 화두의 진짜 맛을 보기에 이른 것이다.

불마음 _ 62

불의 마음이란 크고 큰 힘을 이르는 말이다. 깨달은 이의 마음, 태워 정화시키는 마음, 미움 사랑 슬픔 기쁨 악 선 모두 불보다 뜨겁지 않다. 그래서 불 앞에는 그저 스러지고 절할 뿐이다.

'불 타 없어져버려라.'

남자는 불을 여자 속에 집어넣었다. 여자는 남자의 생각대로 타 없어지지 않고 몸이며 마음이 온통 큰 불덩이가 되어 남자를 끌어안았다. 앗, 뜨거워! 이 뜨거움이 천생연분이다.

하늘이 점지한 부부의 생이란 이런 말로 정리된다. 불꽃의 몸이 불꽃의 마음을 만나 서로 하나 되어 태우고 태우다 소진하여 흰 뼈만 남는다. 그리고 죽음을 건넌 그 뼈는 흰 연꽃을 피워낸다. 생에 대하여 일체 침묵하는 죽음의 결정 유골이 연꽃이나 진배없이 아름답다는 뜻일 게다.

'침묵하는 꽃을 보라.'

인류 최고의 스승과 제자, 석가와 가섭의 말이다. 죽음처럼 침묵하는 꽃을 석가는 들어 보였다. 많은 제자 중 가섭만 꽃에게 미소를 보냈다. 의미심장한 침묵과 미소의 만남이었다. 아는 사람만 아는 마음 비밀의 만남.

만남은 아주 중요하다. 몸이 끌려서 만났든, 마음이 끌려서 만났든 만남의 결과는 또 다른 만남을 낳기 때문이다. 그렇게 부처와 중생의 만남은 영원의 일원상을 낳았다.

여자와 남자가 만나 아이를 낳고 남자는 아빠를 만나고, 여자는 엄마를 만난다. 아기가 자라면서 남자 속의 아빠를 키우고, 여자 속의 엄마를 키운 이것이 자연한 설법이다. 이 만남의 만남이 불을 낳고 불은 또 불을 낳는다.

고양이 목을 베다 _ 63

낙산공원 밑 다세대주택가에는 고양이가 많이 산다. 그는 새벽예배가 끝나고 집에 오는 길에서 새끼고양이 한 마리를 붙잡았다. 금색털 고양이가 너무 예뻤다. 집에 데려가려고 발길을 옮기는데 어미고양이가 길을 막아섰다. 그는 살기 띤 어미고양이의 눈빛에 멈칫 놀라며 저도 모르게 새끼고양이를 높이 쳐들었다. 여차하면 패대기칠지도 모를 일이었다. 순간 어미고양이가 바닥에 뒤집혀 팔다리를 버르적거리며, 아니 비는 것처럼 새끼고양이의 안전을 구했다. 그는 천천히 아주 천천히 새끼고양이를 어미고양이 품에 내려놓았다.

집에 돌아온 그는 어미고양이에 대한 많은 생각을 했다. 어떻게 어미고양이는 새끼를 내던질지도 모른다는 위기의식을 느꼈을까. 집고양이어서 사람 심리를 다 읽은 걸까. 순전한 모성본능일까. 그거야 어쨌든 내던져 죽게 하는 것과 빼앗기지 않으려고 움켜쥐는 것은 어떻게 다른가. 그는 그때 내던질 생각이었는지 빼앗기지 않으려는 무의식의 행위였는지 가늠이 잘 되지 않았다. 어쩌면 두 가지 생각이 동시에 이루어진 행위였지 싶었다.

우주의 생각에 가 닿는 인간의 생각이 행위를 낳고 감당할 수 없어 울 때가 있으면 반드시 웃을 때도 온다.

어머니가 아이를 낳고 아픔의 핏덩어리를 보며 웃는 웃음의 배후에 색의 황홀함이 있었다. 그렇다고 그 황홀한 색의 뿌리가 아기엄마에게 산고를 잊고 웃음꽃을 피우게 한다고 말할 수 있는가. 있다. 없다. 둘 다 맞는 답으로 묶는 것이 산모의 마음이다. 그렇다. 모성애는 단장의 아픔을 이어 붙여서 기쁨으로 바꾸는 초극의 힘을 낸다. 그런 까닭에 어머니의 아기 사랑은 아픔 따로, 기쁨 따로 분별하지 않고 하나로 묶는다. 그래서 모성애의 답은 무한의 극이다. 바꿔 말하면 답이 없다. 진리의 옷을 입을 뿐 모성애는 뱃속 아기집이 어떻다는 둥 명분을 말하지 않기 때문이다. 자연한 생명에 대한 원초적 본능애, 사랑이 사랑을 낳게 하는 마음의 힘은 또 다른 생성의 힘에 가 닿을 뿐이다.

바람마음 _ 64

'바람이 분다, 나는 살아야겠다.'

폴 발레리의 시는 바람마음을 울린다. 사람 마음이 바람으로 울 때 모든 사물은 그 마음에 와서 안긴다.

돌을 보고 말하는 여자 마음에 바람이 스친다. 그 바람에 돌이 춤을 춘다. 물을 보고 말하는 남자 마음에 바람이 분다. 그 바람을 보고 물이 물결로 일어선다. 그렇게 살다가 사는 일이 더는 견딜 수 없어 생을 멈추고 싶어진다.

이제 그만, 여기까지다. 그렇게 절망의 때에 이르러 바람마음은 바람이 부는 것을 본다. 바람이 바람마음을 일으켜 세운다.

다시 살아야지, 아무렴 바람마음을 다잡아라. 마음에서 바람이 빠져나가면 끝장이다.

낮잠의 꿈 _ 65

정진하던 스승이 제자에게 졸음을 들켰다. 낮 졸음은 늙은 이의 부끄러움이었다. 스승이 참 미안해서 벽 쪽으로 얼굴을 두고 등을 보였다. 제자는 등에 솟아오른 스승의 표정을 읽었다.

'잠이라는 것 아주 민망한 것이야. 왜 그런지 아나. 죽음의 얼굴을 감추는 잠의 뿌리로 돌아가는 것이거든.'

'민망함이 죽음이라구요. 그럴듯하네요.'

스승의 등을 향해 제자는 속마음을 눙치며 지그시 웃음을 깨물었다.

"그래, 아무렴 웃어야지. 젊음은 늙음을 웃을 자격이 있지.

괜찮네. 대신 낮잠 속 내 꿈을 좀 해몽해주게."

제자는 찔끔 놀랐다. 역시 스승은 등에도 눈이 있었다. 제자는 공손히 방을 나섰다가 대야에 물을 담아 들어왔다.

"세수하시고 보시면 벽에 그려진 꿈의 해몽을 보실 수 있으십니다."

스승은 제자가 떠온 물에 얼굴을 씻고 마음까지 씻었다. 맑고 투명한 얼굴로 이번에는 스승이 웃었다.

"지금 꿈 밖에서 웃으십니까, 꿈 안에서 웃으십니까?"

제자가 물었다.

"글쎄, 꿈 안인지 밖인지 알 수가 없네. 벽에 쓰이길 꿈을 꾸지 않았다하니 말일세."

"그새 잊은 꿈속에 계신 것은 아니구요. 그 경계를 넘어 스승님께 오라시면 저는 허당에 떨어지고 맙니다."

"아서, 내가 나가지. 나선 그곳이 꿈 밖인지 꿈 안인지만 가려주게."

이 낮잠의 꿈꾸지 않은 꿈을 해몽해달라는 스승의 마음읽기는 선가禪家 최고 경지의 공부 방법이다.

손이 무겁다 _ 66

선생이 빈손을 펴 보였다.

"칼자루를 왜 놓으셨습니까?"

학생이 물었다.

"손이 무겁다고 해서."

"선생님께서 지혜의 칼을 놓으시면 누가 저희의 미욱한 생각을 자를 수 있겠습니까?"

"얼마든지 선생은 많다."

"하지만 지혜의 칼을 아무나 듭니까."

"실로 자를 것이 없는데 왜 칼이 필요해. 잡았던 칼을 놓아야 선생이다."

우리는 모두 손을 움켜쥐고 태어나 권력 명예 돈을 훔쳐 쥐고 살다가 그 모든 것 놓고 손을 편 채 죽는다. 그 손의 일을 아는 것이 진리다.

무도武道에 있어 고수의 손이 쥔 것도 펴인 것도 아닌 까닭은 쥐고 폄이 항상 함께 있다는 것이다. 선생이 다시 일렀다.

"천하를 베는 고수의 손은 쥐고도 베고 펴고도 벤다."

탈 세상 _ 67

"탈 많은 세상에 와서 탈 없이 살다가 간다."

이 말을 남기고 노장老長은 열반에 들었다. 어른을 감추고 아이처럼 이웃이 기뻐하면 웃고, 슬퍼하면 울어주다가 아이의 잠을 빌어 영면한 것이다. 아이의 잠으로 깨어나고 아이의 잠으로 잠드는 생의 비법을 가르쳐주려고 노장은 나를 불러 술 마시는 아이가 되고, 똥 누는 아이가 되었다. 그렇듯 스스로 되어지는 것이 탈 없이 사는 길이라 했다. 이제 나는 어디 가서 그 사람 맛 나는 노장을 만날 수 있을까.

"사람 맛을 보고도 무슨 맛인지 모르는 것이 좋아. 알면 끝없이 그 맛을 찾게 되거든. 여자 맛만 그렇다고. 모르는 소리.

남자 맛도 마찬가지야. 그래서 사람마다 탈을 쓰고 자기 맛을 감추잖아."

나는 무슨 탈을 쓰고 사는가. 노장이 내 귀를 잡아당기며 하는 말.

"처용의 탈."

이름이 무엇인가 _ 68

네모와 세모가 만났다. 네모가 물었다.

"자네 이름이 무엇인가?"

"세몹니다."

"그건 내 이름이네."

"그럼, 이제 저는 네몹니다."

네모는 나누어 세모가 되고, 세모는 붙어서 네모가 된다. 하나가 둘이고, 둘이 하나라는 얘기다. 하지만 나누고 붙는 것, 결국 하나로 돌아온다. 이에서 화두가 생긴다. 아버지가 나뉘어 아들이 되고, 어머니가 나뉘어 딸이 되었는가. 어머니는 그렇다고 하고, 아버지는 그렇지 않다고 한다. 세상사 그래서 아버지는 어머니에게 뺨을 맞는다.

"아버지는 낳고, 어머니는 기른다."

이 말이 화두이면서 답이다.

동그라미 _ 69

동그라미를 그려 놓고 나는 그 안에 들어 있기도 하고, 밖에 나와 있기도 한다. 나는 그 놀이에 이름을 붙인다.

'동그라미 마음놀이.'

어느 날 아이가 찾아와 내게 물었다.

"우리 엄마 알아?"

"네 엄마가 누군데?"

아이가 제 어미의 이름은 대지 않고 미소를 지었다. 속을 아주 깊이까지 뒤집는 이상한 웃음이었다.

"몇 살이니?"

솔직히 아이의 웃음이 싫어 말을 돌린 것이다. 아이가 또 웃었다. 내 켕기는 마음을 웃는 것이었다. 나는 얼굴을 찡그렸다. 불쾌한 마음이 드러났다. 아이가 문득 바른손을 들어 다섯 손가락을 펴보였다.

"다섯 살?"

내가 물었다. 아이는 고개를 젓고 바른손을 든 채 왼손을 두 번 쥐었다 폈다.

"뭐야, 50살이라고?"

아이가 고개를 끄덕였다. 나는 넋을 놓았다. 아이를 낳고 우리 부부가 헤어진 지 5년째다. 아하, 아이의 귀신 같은 계산에 나는 소스라쳤다. 내 나이 45살에 아이의 나이 5살을 합한 것이다. 나는 아이를 번쩍 안았다. 아이의 심장 박동이 내 심장을 어루만졌다. 아이 어미가 내 심장 속에서 일어서며 중얼거렸다.

"우리는 동그라미 안에 있어요."

"아이의 동그라미 안에."

나도 따라 중얼거렸다.

입술의 말은 생이고 죽음이다 _ 70

몸으로 하는 진리의 말은 행복을 안긴다. 행위의 말이 영혼을 구원한다는 뜻이다. 생명의 말씀이 충만한 곳.

그러기에 가라 그곳이 너를 기다린다. 기다림에게 간다는 것, 아주 중요하다. 그곳에 간 사람과 가지 않은 사람의 경계가 분명한 까닭이다.

그곳이 어디냐?

목구멍과 입술의 말을 하지 않는 사람을 만나는 곳이다. 정말 그곳에 가서 그런 사람을 만나보고 싶다.

그곳이 어디냐?

나의 섬, 너의 섬이 만나는 곳이다. 너는 나의 섬에 오고,

나는 너의 섬에 가서 섬과 섬이 만나는 곳. 거기서는 목구멍과 입술의 말이 필요 없다. 말로 죽이고 살릴 일이 없을 테니까.

기다림나무 _ 71

여자가 그녀 몸에서 빠져나와 남자에게 왔다. 남자도 그의 몸에서 빠져나와 여자를 맞았다. 남편과 자녀를 둔 여자, 아내와 자녀를 둔 남자는 자유하기 위해 몸에서 마음만 빠져나왔다.

아, 여자와 남자의 어린 마음이 자라나기 시작했다.

자라난 새로운 마음으로 여자와 남자는 만났다. 먹고 마시는 것이 새론 마음을 살찌우고 노래하게 했다. 노래의 흥이 서로의 몸을 만졌다. 살들이 일어섰다. 서로 바라보며 노래의 리듬에 맞춰 몸의 살들이 춤을 췄다.

살춤을 아시나요?

살자는 춤 말이지요. 모든 살의 세포는 살고자 분열하며 요동치는 춤을 추죠.

꿈을 깨고 여자는 남자를 기다리고, 남자는 여자를 기다렸다. 오지 않는 시간이 지나가고 지나갔다. 여자는 남자에게, 남자는 여자에게 오지 않았지만 마음이 자라나서 황금빛 열매를 맺었다.

기다림나무의 열매.

언제나 독창성이다 _ 72

일류는 항상 이류 앞에 있다. 삼류 앞의 앞에 있다고 말하지 않는다. 일류의 옷은 독창성의 천으로 만들어진다. 시간이 흐르고 공간이 바뀌어도 빛을 잃지 않는 까닭이 그것이다. 사랑을 독창성으로 말하고, 죽음을 탄생을 살아감을 오로지 독창성으로 말하지 않으면 예술가는 일류 뒷전으로 밀린다.

가난하고 가난한 빛이 있다. 복된 빛이다. 부유하고 부유한 빛이 있다. 허망의 빛이다. 이렇게 쓰는 글의 빛은 무슨 빛깔일까. 순정하게 말하자면 빛이 없다 해야 할 것이다. 그런데 글의 투명함 속에 아직 흐린 빛이 있다. 그것을 걷어내면 일류의 빛이 되리라.

손이 만진 빛, 발이 밟고 지나온 빛이 부끄러워지는 독창스러운 빛.

흰 놈 위에 검은 놈이 난다 _ 73

그림자놀이를 뒤집어 하는 말이 있다. 뛰는 놈 위에 나는 놈, 그렇다. 뛰어가는 흰 놈을 검은 놈이 날아가 덮친다는 것이다.

이 현상을 곰곰 생각하면 참 많은 세상 일이 이해된다. 흰 놈 위의 검은 놈, 검은 놈 위의 흰 놈이라. 이 이상의 분명한 명분은 없다. 흰 놈이 검은 놈을 먹었다. 검은 놈이 흰 놈을 먹었다. 어느 쪽으로든 가능한 이해를 낳는 실존이다.

어느 날 흰 놈은 검은 옷을 입고, 검은 놈은 흰옷을 입고 만났다. 서로 눈이 둥글해져 동시에 물었다.

"왜 내 옷을 입고 있어?"

이 말은 옷을 벗고 확인하자는 말이다. 미국 국민은 오바마에게 흰 옷을 입혔다. 그러나 미국 민주주의는 오바마에게 흰 옷을 벗어서는 안 된다는 말을 하지 않았다. 그럼에도 불구하고 미국 국민은 흑인과 백인이 서로 옷을 바꿔 입는 것이 불편하다. 유일신이 답할 차례다.

불편할 까닭을 놓아라. 검은 놈에게서 흰 놈이 나오고, 흰 놈에게서 검은 놈이 나옴은 진리다. 밤의 밝음, 낮의 어둠은 하나의 앞뒤다.

밥의 말을 듣다 _ 74

"나는 생명이다."

밥이 말하자, 똥도 말했다.

"나는 밥이다."

그러자 힘이 물었다.

"그럼 나는 밥 편이냐, 똥 편이냐?"

정답이 있다.

"같을 동자, 동편이다."

"뭐라구. 이쪽이 물으면 이쪽편이고, 저쪽이 물으면 저쪽 편이다."

"세상에 동편 아닌 것이 없어."

"말세라는 거지."

둘 다 같은 편에게는 더 이상 신도 할 말이 없다.

눈 달린 몽둥이 _ 75

몽둥이에 맞아 죽은 놈이 있다. 눈 없는 몽둥이에 맞은 것이다. 눈 달린 몽둥이는 절대 사람을 죽기까지 패지를 않는다. 변호사는 준비한 몽둥이를 들어 보였다.

"이 몽둥이에 눈이 있습니까 없습니까?"

판사가 말했다.

"눈 달린 몽둥이입니다."

"그러시면 판사님의 판결만 남았습니다."

판사는 판결을 내렸다.

"피고는 무죄입니다."

힘의 사람 _ 76

본심이 착한 사람은 힘이 있다. 그는 죽음 앞에서도 힘을 써서 죽음을 이겨낸다. 나에게는 그런 친구가 한 사람 있다. 소위 글쟁이 친구인데 서로는 글을 무술로 여겨 겨룰 때 이기고 짐이 없는 사이였다.

그러나 우리 주변 사람들 생각은 달랐다. 그가 나보다 한 수 위라고 했다. 사실 내가 생각해도 그렇다. 그런데 그만은 오히려 내가 자기보다 한 수 위라고 나를 위로했다. 그럴수록 나는 세상 그릇에 담긴 내 작은 모습을 보고 홀로 울었다. 그런 어느 날 하필 그가 내 사무실에 왔다. 눈시울이 붉은 나를 보고 그는 내 본심을 깊이 어루만졌다.

이 착한 것이 자네 힘이야. 여기서 나보다 한 수 위의 힘이 나오지.

그런데 문제는 그가 왔다 갔는지, 또 그런 말을 했는지 알 수가 없는 것이다. 생각을 하다하다 생각의 답이 나왔다.

내 속의 이상한 허공, 힘의 사람이 한 말이다.

재벌의 꿈 _ 77

노장이 정신재벌이라는 소문을 듣고 물질재벌이 찾아왔다.

"이제 웬만한 기업의 반열에 올랐습니다. 이 기업을 오래 지키며 더 번창할 수 있는 길을 알려주십시오."

식은 죽 먹듯 노장이 말했다.

"호떡장수가 되시오."

재벌이 뜻을 새기지 못한 얼굴로 노장을 바라보았다.

"지금까지 해온 대로 먹고 싶은 사람에게 호떡을 주라는 말이요."

"임원진이 이제까지의 경영 방침을 바꾸지 않으면 재벌서열에서 밀린다고 아우성입니다."

"그 사람들을 모두 바꾸고 그들 밑 사람들 중에서 그들을 대신할 사람을 찾으세요. 그리고 그들에게 회사 초심으로 돌아가 신규 사원을 채용하도록 면접권을 주고, 승진권도 주어 바른 승진이 이뤄지게 하세요. 그렇게 사람을 지키면 돈도 지켜져요."

그날 밤 꿈에 재벌은 아들의 칼에 목이 잘렸다.

부처의 아들 _ 78

순타리카 강가에서 나는 부처를 만났다. 그런데 왜 부처의 아들을 만났다고 했는가. 이 화두는 그 여자에게 나를 물로 바라보는 지혜를 얻게 하려는 의도였다. 그 결과 얻은 것은 잃는 것을 증명해 보였다. 여자는 지혜의 칼로 물을 베 듯 내 속의 부처를 베 버렸다.

'부처도 물이고 사람도 물이다.'

그리고 여자는 내 귀에 대고 속삭였다.

'너의 맛도 물맛이야.'

또 여자는 지혜의 칼로 사람 정서를 회쳐먹을 수 있다는 말도 했다.

'아하, 그랬었구나.'

비로소 나는 내 속에 없는 부처를 다시 찾아나섰고, 순타리카 강가에서 부처가 아니라 부처의 아들을 만났던 것이다.

이 이야기는 내 살과 피, 뼈와 혼의 속삭임이다. 신의 아들과 사람의 아들이 하는 대화는 누가 들어도 제 맛이 난다.

음악도 소리고 소음도 소리다 _ 79

소리의 어머니는 음악이고, 소리의 아버지는 소음이다. 무슨 울림의 파장이든, 그러니까 포탄이 터지는 소리든 방귀 소리든 비명이든 원음으로 돌아가면 소리이다.

어머니의 뱃가죽을 째고 나온 아기의 첫 생명 울음을 두고 음악이다, 소음이다. 어느 쪽이 맞는가는 안목의 차이다. 이 안목이 화두를 뚫고 지나간다. 울음도 뚫고 기쁨도 뚫고 지나가 깨달음을 만난다. 어미의 음악도 아비의 소음도 깨달음의 한 화살에 꿰이면 소리의 빛을 발한다.

여자는 불구의 아픈 소리를 가지고 남자에게 갔다. 일그러진 여자 마음이 남자의 건강한 몸을 돌고 돌아서 둥근 원을 그려 보였다. 남자가 '이제 장애가 치유되었다.' 하고 여자를 떠났다. 그런데 알고 보니 남자는 여자를 떠난 것이 아니었다. 남자는 여자의 아픈 소리를 심장에서 떼어버릴 곳을 찾아 나선 것이었다. 그렇다면 아픈 소리를 버리고 다시 돌아온다는 것인데 여자는 남자를 기다려야 할까. 이 말은 소리다. 소리가 답해야 한다.

생도 소리고, 사도 소리다.

생각은 멈춤이 없다 _ 80

아름다움은 아름다움의 생각을 불러오고, 추함은 추한 대로 생각을 일으킨다. 그 현상에게 절하면 아름다운 생각은 미소 짓고, 추한 생각은 얼굴을 붉힌다. 부처의 자비한 미소 얼굴, 예수의 거울 얼굴은 그래서 사람 숨길을 밝힌다.

소년이 소녀에게 와서 무릎을 꿇고 소위 오체투지의 큰절을 했다. 소녀가 무릎을 꿇고 소년의 얼굴을 두 손으로 받쳐 들었다. 소년의 눈 속이 훤히 들어다보였다.

"이제 나는 네 속에 있어. 알지?"

소녀의 다짐에 소년은 답하지 않고 다시 절하고 소녀를 떠나갔다.

이 이야기의 배후가 읽혀지는 '손과 턱'이라는 제목의 그림이 있다. 붉은 얼굴의 소년 턱을 소녀는 파란 손으로 받쳐 들고 있다.

10억4천만 원의 경매가를 주고 사드린 그림 주인의 얼굴이 매스컴에 소개되었다. 그림 '손과 턱'은 경매그림 주인의 어린 날 얼굴이다, 아니다, 유추하기 어려운 그림과 사진이 나란히 놓였다.

손으로 그린 얼굴, 사진기로 찍은 얼굴, 누가 봐도 그림과 사진은 그 얼굴이 그 얼굴이었다.

소설을 보아라 _ 81

말이냐 문장이냐 소리냐? 소설에게 물었다. 소설이 답했다. 그렇다. 삼두三頭, 소설은 색깔이 다른 세 개의 얼굴이다. 말의 얼굴은 빨강, 문장의 얼굴은 노랑, 소리의 얼굴은 파랑이다. 소설은 이 삼원색으로 마음이야기를 한다.

이제 소설이 보이는가. 보이는 대로 그 뜻을 새겨 봐. 말의 얼굴은 너의 가슴에 불을 밝힌다. 문장의 얼굴은 불로 태운 너의 등신불에 금빛 도금을 한다. 소리의 얼굴은 우리의 마음을 하늘에 널어 푸르게 말린다. 하늘에 널린 소설의 문장은 그렇게 소설로 읽힌다.

빛 속으로 바람이 스친다 _ 82

바람의 색깔을 보았는가, 소리를 보았는가, 자연한 현상에 대한 물음은 둘 다 우문이다. 그렇다면 이 어리석은 물음이 스승이란 말을 어떻게 새겨야 공부가 될까.

공부하는 중이 공부가 되지 않아 공부를 짊어지고 길을 나섰다. 스승을 찾아 공부의 짐을 부려놓겠다는 다부진 결심이었다. 마음공부로 부처를 꿰뚫었다는 동산 화상을 찾아갔다. 중은 화상 앞에 넙죽 절하고 공부 짐을 벗어 놓았다. 화상은 120세인데도 눈이 밝았다.

"이봐, 무거운 바위덩이를 누구더러 치우라고 벗어놓아."

“역시 큰 스승님이십니다. 그새 공부가 바위덩이임을 깨우쳐주시는군요.”

“그래, 그럼 어디 그 바위덩이를 좀 치워 봐. 바위덩이에 가린 자네를 볼 수 있게.”

중이 아무리 둘러보아도 바위덩이로 변한 공부 짐은 보이지 않았다. 화상이 가엾은 중에게 일렀다.

“한 곳에 가만 앉아 있지를 못하는 놈이 무슨 공부를 해. 그런 공부는 해도 써먹지를 못해. 돌아가 공부에게 절하고 용서를 빌어.”

남이다 북이다 _ 83

누구나 보기만 해도 입이 벌어지고 심장이 뛰는 욕망의 덩어리 황금을 구린내가 난다고 피하는 성스러운 사람이 있다. 황금을 돌같이 여기는 마음이야 누가 탓하리. 하지만 눈과 코의 기능이 제대로운 사람이 그럴 수 있기는 참 어렵다.

'똥의 말을 들으라.'

생명의 말씀이다. 외치는 종교인도 눈과 코가 제 기능을 못하기는 마찬가지다. 사람마다 계산하는 방법이 그렇게 눈과 코의 기능을 바꿔 놓는다.

눈에는 눈, 이에는 이가 따로 없다. 어른이 아이를 해하는 방법이, 아이가 어른을 해하는 방법이 맞닿은 세상이다. 선과 악의 화살촉이 서로 꿰뚫어 둘 다 죽어버리자는 말세. 하늘과 땅이 맞닿는다는 세상이 가까웠다. 그 조짐에 희망이 없어 남과 북도 마지막 수를 헤아리고 있는가. 빛이냐 어둠이냐 남과 북은 숨이 가쁜 줄 모르게 가쁘다.

생각의 옷 _ 84

옳다는 생각으로 지은 옷을 입고 여자는 남자를 만났다. 남자는 그르다는 생각으로 지은 옷을 입고 여자를 만났다. 여자는 남자를 만나는 것이 옳다, 남자는 여자를 만나는 것이 옳지 않다, 그렇게 계산을 한 것이다. 생각을 입는다는 것은 생각의 색깔 냄새가 난다는 다른 말이다. 옳고 그른 어느 쪽이든 생각의 계산으로 치장한 몸을 깨끗한 벌거숭이로 만들 줄 알아야 참말을 할 수 있다.

생각을 믿고 살지 말라는 말이기도 하다. 속이 훤히 들여다보이는데도 거짓말을 할 수밖에 없는 세상이니 생각의 옷을 입지 않을 수 없다. 그 인습을 계산한 생각의 옷을 벗기가 쉽지 않다. 그러나 깨끗한 경지는 오로지 벌거숭이 몸으로 기어 올라가 피투성이 옷을 입어야 한다. 피옷 입은 알몸은 속죄의 상징이다. 그러기에 피옷이 몸속으로 스며들기까지 마음이 맑아지면 벌거숭이 몸은 두멍해진다. 이 몸이라야 나와 너를 사랑으로 자유로이 넘나들 수 있다.

이것이 유마 거사의 불이법문不二法門이다.

유마가 병든 몸을 벗어야 할 즈음 문수보살의 병문안을 받았다.

"생각의 옷을 벗었는지 입었는지를 보러 오셨습니까?"

유마가 물었다.

"저는 누구든 만날 때 생각의 옷을 입은 적이 없습니다. 제 맨몸이 안 보입니까?"

문수의 물음에 유마는 침묵했다.

참으로 많은 생각을 일으키는 이 말잔치를 무슨 수로 당하랴. 이제 벽암록도 푸른 바위의 말이라 일컫지 못하기에 이르렀다. 말세의 사람들이 생각의 옷을 벗고 팔을 자르고 몸뚱이를 소신공양한들 무슨 깨달음의 법에 가 닿겠는가. 밥 잘 먹고 똥이나 잘 누기를 소원할 밖에.

어떤 진리가 와서 말을 걸더라도 생을 더 이상 속이지 않겠다 하면 그것이 깨달은 경지다. 잠시 잠깐이라도 서로 순정했던 만남의 사람이었다면 다시 만나 지난 시간이 머금고 있는 그 순한 기운의 뿌리를 보자, 하고 여자는 남자에게 전화했다. 전화 음성에서 바로 그 남자의 유년 냄새가 맡아졌다.

"변한 건 없어요. 산사의 범종은 항상 깨끗한 벌거숭이 소리를 내는데 듣는 마음이 어밀레, 아빌레라 듣지요."

유년시절 승려였던 그는 여전히 절집 정서의 옷을 입고 있었다. 이 생각의 옷이 그른가 옳은가. 내 속에서 남자와 여자가 끝이 없는 논쟁을 한다.

'옳고 그름은 없다.'

그것도 생각의 옷이다.

미움이 웃기까지 _ 85

호랑이는 물어뜯고 외친다.

"이빨은 강한 심판이다. 어흥!"

호랑이보다 강한 이빨이 있다. 사람 이빨이다. 호랑이는 호랑이를 물어 죽이는 경우가 거의 없는데, 사람은 사람을 물어 죽인다.

말세 현상은 사람 눈을 멀게 하고 가슴에서 마음을 빼앗아 버렸다. 세태의 악은 하늘로 치솟을 뿐이다. 참 말이 사라진 세상 사람의 이야기는 되도록 않는 것이 좋다. 그럼에도 불구하고 예수 같은 사람을 안다 말하라. 안다는 부끄러움만이 생에 대한 답을 한다. 내가 나를 안 만큼 부끄럽다. 그래도 부끄러운 것은 좋은 것이다. 부끄러움에 취하다 보면 몸이 투명해지는 경험을 하기 때문이다. 사랑의 진짜 경험이 그것이다. 서로 부끄러운 사랑에 취하고 취하면 죽었다 깨어날 수 있다.

'내 속의 미움이 웃기까지 서로 사랑하라.'

성서의 말씀이다.

'입고 사랑하지 말고 벗고 사랑하라.'

마침내 죄도 벗고 사랑도 벗고 죽음까지 벗고 사랑하면 비로소 부활이다.

몸이 부처다 _ 86

입으로 들어가 항문으로 나온다. 항문으로 들어가 입으로 나온다. 이것은 썩은 말을 하는 사람들 모두를 빗대어 하는 말이다. 이들에겐 정구업진언의 염불이 필요하다. 입의 말을 맑히는 염불을 해야 한다.

그럼 향기 나는 말을 하는 사람은 뭐라 할까. 금구로 들어가 법안으로 나온다. 법안으로 들어가 금구로 나온다. 소위 한 소식 한 사람들이다. 모든 것이 구멍에서 나와 구멍에게 돌아간다. 생명의 구멍에서 죽음의 구멍에게. 깨달음의 명언이다. 몸이 절이고 부처다.

사람은 큰 울음의 노래를 태어날 때와 죽을 때, 두 번 부른다. 어머니의 구멍을 나올 때 첫 울음을 울고, 생을 헤매어 살다가 마침내 죽을 때 두 번째 울음을 운다.

누구나 생사의 노래를 부른다. 오고 가는 그 울음의 노래는 하나다. 생을 붙잡는 아이의 울음, 생을 버리는 어른의 울음은 둘이 아닌 하나다. 마음도 몸도 둘 아닌 하나로 자연하다.

병이 약이다 _ 87

세상에 약 아닌 것은 없다. 다 약인데 약으로 쓰지 않을 뿐이다. 얼굴이 셋인 귀신은 손이 여섯 개다. 아니다. 얼굴 하나인 사람과 마찬가지로 손은 둘이다. 그런데 사람 생각이 문제다. 화난 얼굴, 기쁜 얼굴, 슬픈 얼굴의 귀신은 각기 색깔이 다른 여섯 손으로 사람의 숨통을 쥔다고 지레 겁을 먹는다.

나는 간밤 꿈에 빨갛고 노랗고 파란, 얼굴이 셋인 귀신을 만나 바둑을 두었다. 내가 이겼다. 귀신 곡할 노릇이었다. 승산 없는 게임인데 어떻게 이겼을까. 귀신이 져 준 것이다. 그렇지 않고서야 그런 일은 있을 수가 없다. 나는 두 손으로, 귀신은 여섯 손으로 바둑알 빨리 놓기 대국이었는데 내가 이긴

불가사의의 꿈이었다. 문득 나는 꿈의 화두를 향해 미소를 보냈다. 그렇다. 병이 약이다. 마음이 아파서 죽기까지 마음이 아파서 아무 약이 없을 때, 이제 죽는다 하고 잠들어 병이 약인 꿈을 꾸라는 것이었다.

몸속에 부처와 문학이 있다 _ 88

눈 귀 입이 작동하여 보고 듣고 말한다. 이것으로 정상이다 장애다를 결정한다. 세상 이치다. 이렇듯 세상은 세상의 자로 사람을 잰다. 그리고 길고 짧다의 답으로 사람을 본다. 그러나 눈멀지 않고 귀먹지 않고 말할 줄 아는 그것만으로 사람 중심을 평가할 수 없다. 사람 중심에 부처의 씨앗이 있기 때문이다. 그러기에 세상 사람들은 귀신도 만들고 부처도 만들어 서로 싸움시켜 누가 이기는지를 구경한다. 참 지랄 같은 말세 현상이다. 까닭에 말이 어렵고 복잡하다.

문장을 쓴 그도 글 내용을 알 수 없다. 본격 순문학 어쩌고 하는, 글들이 다 그렇다. 특히나 한심한 말장난의 시를, 참 시

이기 때문에 당연히 어렵다고 호도하는 것은 여겹다. 그런데 여기서 더 나아가 알 수 있는 것은 이미 시가 아니다까지 와 버린 몰라 문학은 어차피 읽지 않는데 모르게 쓰잔다. 이 모름 속에 문학의 씨앗이 있기를 바라면서.

여기 정상이 비정상을 아파하고, 비정상이 정상을 아파하는 몸의 외침이 있다.

"몸속에 부처와 문학이 있다."

몸이 손이고 눈이다 _ 89

몸은 보면 가지고 싶어 한다. 그래서 생겨난 것이 눈이고 손이다. 이 욕망덩어리, 더러운 것은 다 몸에서 나온다. 몸은 더러운 것이 담긴 숨 쉬는 그릇이다. 그런데 또 부인할 수 없는 것은 경이로운 것, 거룩한 것, 성스러운 것도 몸에서 나온다. 이렇게 몸을 따져 말하게 되면 몸보다 영혼, 하고 이원론이 나온다. 무엇이든 너무 원론적이면 어려워진다. 굳이 몸이다, 영혼이다, 둘로 나누지 마라. 몸은 둘이면서 하나다. 나누다 보면 몸과 마음 어느 한 쪽이 아프게 된다. 이때 안 아픈 쪽이 아픈 쪽을 위로하게 되는데 그 아픔은 치유되지 않고 아픔을 낳을 뿐이다.

관음觀音은 항상 나와 너, 우리와 함께 있다. 소리를 본다니까 두리번거리게 되는데 찾지 마라, 네가 바로 관음이다. 몸이고 손이고 눈인 관음이 나인데 그 속에 네가 있어 우리는 사랑이다.

'서로 사랑할 수 있음이여. 그렇게 말하라.'

감성과 과학이 융합하여 만든 자극촉발만능의 말이다. 그런데 이 말로 과학이 뒤통수와 앞통수를 동시에 맞고 어질병을 앓게 되었다. 논문 표절이다, 실험 표절이다가 그것인데 사람이 사람을 트라우마적으로 괴롭히듯 세포가 세포를 트라우마적으로 괴롭히면 정체성을 상실한 변환 세포가 생성되어 답 없는 문제를 낳았다는 것이다.

사람은 답 없는 물음을 낳고 낳는다. 이 낳는 아픔을 보고 만져주려고 관세음보살은 천개의 손, 천개의 눈을 가진 몸이 되었다.

눈물방울 진주 _ 90

여자가 울었다. 눈물방울이 남자의 가슴에 떨어져 스며들었다. 남자의 심장에서 진주가 자랐다. 여자가 울 때마다 눈물을 받아먹고 자라는 남자의 심장 속 진주를 남자도 모르고 여자도 몰랐다. 어느 날 그 진주가 자람을 멈췄다. 여자가 남자를 떠난 것이다.

남자는 떠난 여자가 너무 보고 싶어 술에 취해 울다가 그리움을 토해냈다. 그리움의 결정체가 영롱한 빛을 뿜었다. 3년 동안 여자의 눈물을 먹고 자란 세 개의 눈물방울 진주였다. 남자는 떠난 여자의 그리움을 대신할 여자를 만났다. 새 여자는 남자의 마음에서 헌 여자를 지워버렸다. 남자는 헌 여자와 만든 눈물방울 진주를 새 여자에게 주었다. 새 여자는 세 개의 진주로 귀걸이와 반지를 만들어 남자의 심장을 샀다. 새 여자의 귀걸이와 반지에 박힌 눈물방울 진주가 빛을 발할 때마다 남자는 웃었다.

웃는 남자가 많아졌다. 남자에게 묻는다. 고별의 눈물로 아픈 가슴을 달랠 수 있는가. 있다. 떠나고 남는 추억은 영혼의 그림자로 영원하기 때문이다. 그러기로 남자가 웃는 까닭은 헌 여자와 새 여자의 영혼을 안아주는 영원한 힘이 된다.

뿔의 바람 _ 91

무소(물소)가 배가 터지도록 바람을 마시고 노스님 손에 들렸다. 무소에게 노스님이 일렀다. 덥다. 바람 좀 뿜어주련.

무소의 뿔 장식이 근사한 부채에 대한 이야기를 하자니, 서두가 선적일 수밖에 없다. 이래서 불교 이야기가 접목되면 독자는 어려워한다. 실로 모든 있는 것에 대한 설명은 다 어렵다. 태어남이 어렵고 사는 것이 어렵고 죽는 것이 어렵다. 그러나 이것은 누구나 다 해내는 어려움이다. 이 누구나 다 해낸다함은 해볼 만하다는 것으로 평등한 가치의 진리이다.

인사동에 가 중국에서 수입한 상품 백선을 하나 사와서 먹물 선화로 무소 한 마리를 그렸다. 그 부채를 여자에게 선물했다. 여자가 부채의 무소를 왜 수놈으로 그렸냐고 물었다. 나는 내 마음의 말을 차마 할 수가 없어 그림의 무소에게 물으라 했다. 여자는 비로소 내 마음을 알아차렸다.

이것은 그 여자와의 관계를 묻는 지인들에게 한 거짓 없는 나의 답이다. 이처럼 답인지 아닌지 모를 이야기가 답을 넘어선다. 이 모름스러운 답에 나는 절한다.

천년에 한번 만나기 _ 92

말 이전 말의 무형상은 그대로 말이고 참된 설법이다. 그러기에 무엇을 보았다 함은 색色만이 아니라 공空까지 보는 것이다.

남자가 우담바라 꽃 같은 여자를 만났다. 그 자리에서 여자는 웃고 남자는 울었다. 그 까닭은 아무도 모른다. 다만 전설의 꽃 우담바라에 의지해 이런 생각을 해볼 수 있다. 천년에 한번 낳고 죽는 의미의 웃음과 울음은 오늘도 누군가의 입이 웃고, 누군가의 눈이 울음 울어 그 환희와 비애로 우담바라는 피어난다. 그 믿음으로 나는 우정의 삼각관계를 글로 그려 본다.

술이 어느 정도 들어갔을 때, 여자는 그 남자만 보면 웃음이 나온다고 했고, 남자는 웃는 그녀만 보면 눈물이 난다며 울었다. 이 기현상은 술의 일로 일축할 수도 있다. 친구인 나는 웃는 여자의 마음도 읽고, 우는 남자의 마음도 읽었지만 왜 웃고 울어야 하는지 심증의 사실을 말로는 할 수 없었다.

그러던 어느 날 나는 두 남녀를 내 화실에 초대했다. '천년에 한번 만나기' 초대전 작품 선정을 이들에게 위촉하기 위해서였다. 여자에게 15작품, 남자에게 15작품, 내게는 3작품 선정권이 주어졌다. 그러니까 출품하고자 작업한 50작품 중 17작품이 탈락하고, 우선순위 선정 33작품이 '천년에 한번 만나기' 전시장에 내걸리는 것이었다.

그림 선정이 끝나고 여자가 내게 귓속말로 물었다. 선정료가 얼마야. 나는 그녀가 바라는 답을 말했다. 그림으로 줄게. 내가 선정한 3작품 중 하나야. 그녀는 내 귓불을 깨물 듯 기쁜 숨결을 뿜었다.

이들의 회화에 대한 안목은 화랑가에서 알아주었다. 이들이 선정했다 하면 순위 50%는 팔렸다. 여자는 내가 선정한 그림 중 하나를 가리켰다. 내게 이 그림을 줘. 나는 숨길이 막혔다. 내 그림의 깊이를 꿰뚫는 선택이다. 그러면 안 되는데 하면서도 나는 단칼에 잘랐다. 그 그림은 내가 나에게 주는 화가의 몫이야. 그럴 줄 알았지. 여자가 웃음을 터뜨렸다. 술을 마시지 않고도 예의 그 웃음을 웃을 수 있다니, 멍 때리는 순간 남자의 울음이 이어졌다. 나는 전신에 소름이 돋았다. 그럴수록 나는 할 말을 해야 했다. 이쪽 두 작품 중 오른쪽은 웃음의 것이고, 왼쪽은 울음의 것이야. 여자도 단호하게 웃음에 버물린 말을 내뱉었다. 꼭 그래야 한다면 내 선정 취소해줘. 나는 야릇하고 이상한 기분에 사로잡혔다. 자존심 문젠가. 그렇다. 같은 미술대학을 나와 너희는 미술평론가로, 나는 화가로 입지를 굳혔다. 그런데 지금 너희의 행태는 오늘날 내 화명을 너희가 키운 것이라 착각하고 있다. 지금까지 이런 경우가 없었는데, 나는 그림을 바꿔주는 결단을 유보했다.

여기서 내 몫의 작품과 선정료로 주는 두 작품의 형상을 소개하는 것으로 그림이 바르게 소유되는 길이 열리기를 바란다.

나는 그림을 그릴 때 말(언어)을 그린다는 영감을 형상화한다. 시각에만 호소력 있는 그림이 아니라 청각에도 호소하는 소리의 그림. 그래서 나는 웃음의 그림은 웃음에게, 울음의 그림은 울음에게 가야 한다고 혼신을 다해 그렸다.

언어 이전의 말, 설명 없는 그대로의 묵상을 그리는 것이 참된 그림이다. 웃는 얼굴이 웃음이듯, 우는 얼굴이 울음이듯. 입은 웃음을 꽃처럼 피운다를 그리는 것이다. 화폭은 구멍의 리듬을 삼원색으로 조율하는 데서 음감의 꽃을 형상화시켰다. 울음이 넘쳐나는 샘 눈은 처연한 아름다움이다. 울음샘 눈이 눈물을 머금어 흘릴 때, 그 리듬과 파장이 웃음과 다르면서 같다는 의미망은 색이 색을 넘나드는 경계색의 흐름으로 반추상화가 되었다.

그리고 화가가 화가에게 주는 그림은 사물四物, 범종 큰북 운판 목어의 소리를 듣는 동자승의 귀를 그려놓았다. 열음도 없고 닫음도 없는 해탈의 귀는 웃음의 소리로 입술이 꽃으로 피어나게 하고, 울음의 소리로 눈이 옹달샘처럼 눈물을 솟아나게 했다. 이렇게 나의 회화는 그들의 미술평을 지나 '천년에 한번 만나기'의 길을 가는 것이었다.

비로소 나는 화가의 바라보기 법칙으로 그들을 보게 되었다. 여자의 웃음이, 남자의 울음이 허공의 공허에 울려 퍼짐은 우담바라를 피우기 위함이라고.

모든 여자는 그릇이다 _ 93

물인지 불인지 모르고 따라하는 놈을 여우귀신이라 한다. 유행에 사족을 못 쓰는 놈. 남의 예술을 표절하는 연놈. 다 여우귀신이다. 손짓 발짓 흔들고 내두르고 헐떡이며 흉내 내는 춤을 추지 마라. 그런 짓거리는 결코 새로운 무엇이 될 수 없다. 아니다. 미적거리며 기회 보던 옛말이다. 춤으로 환상하며 미치고 미쳐서 죽어버려라.

어떻게 어디서부터 이야기를 시작해야 할까. 도무지 알 수 없는 이야기를 가지고 그녀는 나를 찾았다. 대학 때 메이퀸이었던 그녀는 프랑스 유학에서 돌아와 소설가가 된 뒤 오랜 세

뭘 알고 지냈지만 콧대가 너무 높아 되도록 말을 섞지 않는 문단 선후배 사이였다. 경우에 따라서는 조금 지나치다 싶을 만큼 서로 개 닭 보듯 했다. 그런 그녀가 독대의 술자리를 마련했다. 그리고 어렵게 꺼낸 이야기는 그녀의 아름다운 가슴에 오래 묻어둔 비밀 대본이었다. 그 대본은 거북하고 야릇한 빛깔과 냄새를 뿜었다.

미쳐서 애달아서 통째로 마음을 주고받은 몸뚱이가 저지른 사건의 사실성이 눈에 너무도 선한데 내 의식에는 없는 행위 예술이었다. 그럼에도 도무지 증명할 길이 없다. 한데 여자의 이야기가 전혀 터무니없다는 생각이 들지 않는 까닭이 뭘까. 술 탓이다. 소위 필름 끊어진 이야기다. 아무튼 여자의 이야기는 술 취한 내가 뱀 허물을 벗는 현상을 보여주었다.

나는 화장실 변기에 앉아 있었어요. 그때 당신이 화장실 문을 열고 들어와 하얗게 놀란 표정이더니 순간 나를 끌어안았어요. 나는 드러낸 당신 하초에 얼굴을 묻은 채 남은 소변을 눌 수밖에요. 그 이상한 몰골로 그토록 시원한 방뇨를 할 수 있다니 어딘가로 심장이 끌려 올라가는 기분이었어요. 그런데 당신은 절묘하고 이상한 순간을 그대로 정지시켜 놓고 아무 일 없었다는 듯 돌아서 화장실 문을 나섰지요. 정말 그 일을 기억 못하세요.

나는 그녀의 눈을 들여다보며 왜 그 얘기를 이제야 하는 거요, 묻지 않고 전혀 기억할 수 없다고 고개를 저었다.

20여 년 전이면 내 나이 40대 후반 아니면 50대 초의 어느 술자리 밤의 이야기다. 도대체 이 이야기를 그대로 믿어야 할까. 나는 뱀이 벗었던 허물을 다시 뒤집어쓰는 기분이다. 곰곰 생각하다 그 이야기의 답을 아내에게서 찾았다.

아내가 슬픈 눈으로 나를 바라보았다. 당신 그러고도 남을 위인이지요. 내가 미치지 않고 살아낸 것 천행으로 알아야 해요. 쓰레기통 옆에 옷을 벗어놓고 잠을 자지 않았나, 안방 장롱 문을 열고 소변을 보지 않았나, 그러고 깨어나면 전혀 의식 못했어요. 그야말로 변괴의 삶이었지요.

나는 술잔을 입에 털어 넣고 그녀에게 사과 대신 그놈의 요상한 변기 이야기를 꺼냈다. 이건 프랑스 여성 작가의 이야기야. 불문학을 했으니까 아예 이름을 밝히는 것이 심증의 이해가 빠르겠지. 조르주 상드 있잖아. 그녀의 별칭이 뭔지 알아? 변기야.

여기서 나는 나를 알 수 없다. 사과를 하고 진심으로 미안한 표정이 되어 술잔을 부딪쳐야 하는데 변기라니, 딴 길로 들어선 것이다. 변기를 엉덩이 살로 깔고 앉은 그녀를 나는 상드로 착각하지 않았을까. 그렇다. 술에 취하고 쇼팽에 취하지 않았을까. 쇼팽의 '낙수'가 상드라는 변기에 넘쳐나는 생명의 음악을 낳지 않았던가. 그녀의 오줌 소리가 그 음악을 대신하지 않고서야, 순전히 나는 그 오줌 소리를 끌어안았을 뿐이다. 그 행위는 말로 앞뒤를 잴 수 없다. 그 무의식의 의식 너머 어머니의 누이의 할머니의 생식 그릇의 웃음소리에 대해서 어떤 말로 사과한단 말인가.

그때 그녀의 눈빛이 나를 사로잡았다. 환갑을 넘은 그녀의 눈이 이상한 전류를 뿜쳤다. 새삼 사과 듣자고 20년 넘게 혼자 품어온 비의를 꺼낸 건 아니에요. 비로소 심각한 표정이 되어 나는 그녀가 이으려는 얘기를 기다렸다. 저도 이제 환갑을 넘어 섰어요. 몸도 마음도 귀신의 냄새를 맡을 나이죠. 그래서 문득 부탁을 드려 확인하고자 뵙자고 한 거예요.

그날 우리는 호텔 화장실에서 서로 바뀐 몸으로 20년 전 필름을 재생하는데 성공했다. 그녀의 빨간 루주의 입술이 탄성을 터뜨렸다. 아, 상드의 변기! 이 아질아질함 그때는 몰랐어요. 나는 들키지 않게 속으로 뇌였다. 달리 귀신들인가. 나는 그녀의 진한 살 냄새에 귀신의 경지를 지나 신선이 되고 있었다.

이제야 나는 나를 알겠다. 조르주 상드의 변기론이 보살의 마리아의 그 영원한 아름다운 마음 그릇의 변용임을. 아무렴. 고희의 나이는 무의식도 넘나들고, 웃으며 고해의 바다를 건널 줄도 알아야 해. 나는 깊이를 알 수 없는 나의 밑바닥을 향해 고개를 끄덕였다. 그리고 내게 중얼거렸다.

모든 여자는 그릇이다. 생명수가 샘솟는 그릇.

사람마음 _ 94

편견과 오해는 전체를 못 보고 부분만 보고 말할 때 생긴다. 본래 착하다 악하다, 정신적으로 있다 육체적으로 있다, 영원불멸한 자아가 '있다 없다' 함은 관계적인 바라봄에서 생겨난다.

꼭 만나셔야 한다면 흐린 날 '사람마음'에 오세요. 제가 와인 한 잔 사지요. 카페 이름에 끌려 그곳에 간 것이 사단이었다. 여자는 30대 후반이지 싶었는데 50대 중반이라고 했다. 남자는 전혀 의외다 하는 마음에 칼을 푹 쑤셔 넣었다. 그래, 이렇게 죽어 있어야 돼. 그리고 남자는 카페에 가지 않았다.

아무렴 마음을 죽이는 것이 마음을 살리는 길이다. 그렇게 남자는 그녀에게 향하는 마음을 죽였다.

비오는 날 여자는 와인을 준비하며 콧노래를 불렀다. 분명 남자가 나타나리라는 예상을 확신했다. 슈만의 '트로이메라이'의 선율이 그녀의 아름다운 몸 가장 깊은 밑바닥에서 솟구쳐 가슴을 지나 코로 흘러나왔다.

흐린 날 흐린 날은
그가 나에게 오는 날,
세상에 지친 그가
내게 오지 않으면
해는 뜨지 않아요.
흐린 날 흐린 날은
내가 그를 위해
와인 준비하는 날.

여자는 '사람마음' 두드리는 꿈의 노래에 취해 울었다. 울지 말아요. 흐린 날이잖아요. 내가 왔어요. 남자가 '사람마음' 카페에 들어섰다.

'사람마음은 죽여도 안 죽어요.'

여자는 남자 눈의 말을 가슴으로 읽었다. 누구의 마음이든 바라보며 지켜야 할 사람이 있을 때, 그 마음 홀로 두고는 죽을 수가 없어요. 남자는 여자 눈의 말을 읽었다. 눈의 정직함이 죽은 남자를 살려냈다. 아, 이것이 눈의 말을 듣는다는 것이다. 그리고 남자는 눈의 정직한 깨달음의 경지에 가 닿았다. 그때 여자가 남자에게 손을 내밀어 펴보였다. 여기 제 가슴에서 꺼낸 마음이 있어요. 남자의 눈이 웃었다. 그래요. 제 마음은 웃음꽃이에요. 우리는 지금 마음 부활의 경지에서 서로를 바라보고 있어요.

깨달음의 경지는 진짜 속임수와 맞닿아 있다. 아무리 그럴리가요. 남자와 여자가 그날 무슨 일이 있었는지는 그들만 안다. 그런데 그 일이라는 것에 대해서 여자의 말 다르고 남자의 말 다른 데서 어느 쪽의 속임수가 한 수 위냐는 물음이 화두가 되었다. 남자는 여자가 깨달음을 주었다 하고, 여자는 깨달음을 빙자해 남자가 자기 마음을 호리병에 가두었다고 했다. 과연 누구 말이 오를까. 사람마음은 답해야 한다.

두 남녀의 여기까지 이야기 속에 없는 것이 있다. 음과 양이 꼭 내비춰야 할 빛깔이 없고 맡아져야 할 냄새가 없다. 그것을 무엇이라 하느냐. 답은 쉽다, 사랑. 그래, 그 사랑 어떻게 생겼는지 좀 보여줘, 하면 그만 거짓 마음이 드러나고 만다. 사람마음이 사람마음 앞에 무릎을 꿇고 우는 까닭이 여기에 있다. 그러나 울음은 울음을 씻지 못한다. 울음은 울음을 속일 뿐이다. 속지 마라, 이 좋고도 예쁜 진저리쳐지는 사람마음에.

말 없는 말 _ 95

눈빛으로 몸으로 전인격을 말하는 사람이 내 속에 있다. 나는 그가 자신이라고 생각한다. 이제 이렇게 말할 생을 살아낸 것이다.

10대에 어린 나그네가 되어 물음의 길을 찾아 인왕산의 바위굴에서 살았고, 20대에 문학인들을 만나 혼돈의 길을 헤매며 길의 곧고 굽음을 노래했다. 30대에 겨우 그 노래의 가락이 인정되는 '무색계無色界'를 소설로 쓰며 절창을 참구했다. 40대에 불혹이 아니라 혹에 더욱 깊이 빠져 꿈과 현실의 의식 무의식을 넘나들었다. 아, 비로소 50대에 식솔들의 딱한 모습에 눈이 뜨여 하늘을 올려다보았다. 무심한 하늘이 아님을 처음 알았다. 하늘은 불쌍한 나를 측은지심으로 내려다보고 있었다.

70대 후반, 나는 다시 10대의 '어린 나그네'로 돌아와 길이 부르는 길로 들어섰다. 자연한 마음의 길은 저만치 끝이 보인다 싶으면 귀신과 동행하고 있고, 길은 끝이 없이 영원한 것이야 뇌이면 옆에 함께 걷는 사람이 고개를 끄덕인다. 아무렴 항상 내 곁에는 사람이 있었지. 나는 그의 얼굴을 확인한다. 누구더라, 물음이 얼굴의 이목구비를 지워버린다. 오, 참 얼굴이 솟아나는 얼굴! '나무南無'의 없는 얼굴. 나는 문득문득 그 얼굴을 이정표 삼아 길을 간다.

얼굴 없는 얼굴의 사람이 있다. 노장께서 하신 말씀의 냄새가 이제야 무슨 냄샌지 맡아진다. 가면의 냄새에 속지 마라. 그때 나는 속고 속고 속다 보면 속는 줄 모르는 나를 만나게 된다고 노장의 말을 뒤집었다. 어느새 거기까지 와버린 나를 노장이 내려다보고 있다. 내가 너를 끝까지 따라가지 않는다. 하신 말씀의 끝은 어디입니까. 있는 까닭으로 없는 것에 대하여는 묻지 마라. 너는 너에게로 돌아가는 이야기를 하고, 나는 나에게로 돌아오는 이야기를 한다. 뒤집으면 너는 나를 쓰고, 나는 너를 쓴다. 이것은 귀거래사가 아니다. 그렇다고 마침의 끝 이야기도 미침의 돈 이야기도 아닌 이야기의 이야기다. 그중 이런 자라나는 이야기가 있다.

무슨 귀신 기침 소리냐? 하는 이 물음은 항상 답이 돌아오지 않아 홀로 깨끗하고 맑다. 열반이라는 것이 그런 것일 게다. 홀로 외롭지 않는 이것. 이 거짓말에 길들기 위해 나는 조만간 길을 떠나는 길에 들어서야 한다. 아무도 눈치채지 않게 홀로.

인생이 보인다 _ 96

물은 물을 씻지 못한다. 용광로는 용광로를 녹일 수 없다. 불은 불을 태우지 못한다. 이런 말들은 학자, 종교인들이 말을 팔아먹으면서 하는 말맛에 취한 소리다. 이렇듯 원론적인 말들은 인생을 설명으로는 가 닿을 수 없는 그 무엇이라 결론한다. 그야말로 무지의 지, 결론 아닌 결론이다. 그런 인생이 어떻게 보인다는 말이 가능한가. 나는 너에게 보이고, 너는 나에게 보인다. 이 사실을 곱씹으면 보이는 맛이 함께 곱씹어진다. 나는 너에게 발바닥을 보이고, 너는 나에게 젖꼭지를 보인다. 여기서 마음의 입술은 말한다. 발바닥에 젖꼭지가 있다. 젖꼭지를 빨면 발바닥 향미가 맛으로 느껴진다. 아무렴 모든 맛을 발이 찾아간다. 그리고 만남의 말은 피 흘리며 너와 나의 투명한 가슴을 관통한다. 비로소 나와 너의 말은 빛을 발한다. 말이 빛을 발할 때 너와 나의 인생이 보인다. 어쩌면 이 말은 뱃속이 보인다는 말이나 진배없다.

여자가 그 남자를 만난 것은 태국의 악어농장 관광지였다. 그때 남자는 모자를 쓰고 있었다. 그런데 여자는 모자를 벗은 그 남자를 귀국하여 만났을 때 전혀 못 알아보았다.

가을날이었다. 까페 '인생'에서 커피를 마시고 있는데 한 남자가 반색하며 다가와 여자에게 인사를 했다.

"여전히 아름답습니다."

여자가 자리에서 일어나며 물었다.

"누구시죠?"

"기억에 없으시면 제가 사람을 잘 못 알아 본 것으로 여기시고 실례를 용서하십시오."

남자는 무안당하지 않고 오히려 웃으며 돌아서 제 자리에 가 앉았다. 마주앉은 모자를 쓴 여인이 여자 쪽을 꿰뚫고 있던 눈길을 거두고 아마도 누구냐 묻는 모양이었다. 고상한 품

격이 느껴지는 여인에게 남자는 무엇을 설명하느라 진지해 보였다.

'누굴까?'

여자는 한숨을 내쉬며 자신에게 뇌였다.

'몸을 섞었더라도 꿈속이었어, 하고 잊어버려야 하는 것이 남자라는 동물이다.'

마시던 커피를 한 모금 머금고 여자는 혀가 느끼는 커피향을 음미하다, 문득 남자와의 기억을 살려냈다.

'아, 새끼악어에게 토막친 닭살을 던져주던 남자!'

여자는 왼쪽 가슴을 만지며 남자에게 눈길을 보냈다. 남자가 기다렸다는 듯 여인의 모자를 벗겨 써 보였다. 여자가 진저리 치듯 떨며 웃었다. 왼쪽 유방의 유두가 맵싸한 전류를 뿜었다. 확실한 기억의 파장이 여자와 남자의 마음을 확 열어놓았다. 여자는 자리에서 일어나 남자에게 다가갔다.

"죄송합니다. 바로 못 알아 봬서."

남자가 모자를 벗어 여인에게 넘기고 옆자리에 합석을 권했다. 두 여자와 한 남자의 테이블이 전혀 어색하지 않았다. 남자의 여인이 웃음을 머금고 조심스럽게 말을 건넸다.

"남편이 큰 실례를 했다구요?"

브래지어 속 유방을 낚아채던 허공의 손! 여자는 유방을 팔로 바꿨다.

"악어 사육장 난간에서 위태로우신 선생님께 잠시 제 팔을 빌려드렸죠. 그 경우 누구라도 그럴 수밖에 없지요."

"정말 지금 생각해도 아찔합니다. 악어의 먹이 닭살을 던지다 중심을 잃고 휘청한 제가 부인의…."

남자는 뒷말을 잇지 않고 천진한 웃음으로 대신했다. 그 웃음이 두 여자의 소녀적 눈웃음을 자아냈다. 웃음은 보이고 안다는 뜻이다. 두 여자와 한 남자의 소리 없는 눈웃음의 파장이 서로에게 인생이 보인다는 빛을 쏘았다.

하늘문, 사람문 _ 97

하늘의 문을 열면 하늘이다. 무한의 하늘은 누구에게나 광대무변이다. 그 하늘은 항상 닫고 열림이 통시적이다. 그리하여 하늘은 스스로 신神의 문이며 성전이다.

어린이 말로 하늘문은 입이며 똥꼬다. 꿈도 슬픔도 기쁨도 사랑도 무엇이든 먹고 배설해버리는 허공. 천진난만한 진리의 말이다. 어른 말도 있다. 하늘문은 생生을 낳고 사死를 거둔다. 이 천기의 흐름은 생이 사의 꼬리를 물고, 사가 생의 다리를 물고 윤회의 바퀴가 된다.

사람문을 열면 몸이 들어갈 수 있는 마음문이 열린다. 들어

오고 나감이 까다로울수록 열린 마음문은 열고 닫음이 자유롭다. 이렇게 사람문은 하늘문과 통하는 길을 열며 신과 사람이 한통속이 되게 한다.

사람의 생에 여자와 남자가 태극으로 함께 있다. 문과 문이 맞물린 태극, 이 진리의 도형은 명문장을 낳는다. '여자와 남자는 위아래가 없이 하나다.' 그래서 사람문을 열면 여자문이 나오고 그 문을 지나면 남자문이 나온다. 이 알 수 없는 문 앞에서 여자는 남자를 명상하고 남자는 여자를 명상한다. 명상이 깊어지면 어느 순간 문은 스스로 열린다. 믿음의 명상은 반드시 사람문을 열고야 만다.

사람은 하늘문 열고 지구 땅에 왔다. 그 인생은 허공의 시간 위에 자화상을 그리고 마침내 공空에게 간다.

본래 이것이 나와 너의 시작이며 끝인 자연함이다. 그런데, 하고 우리 모두는 멈칫한다. 너는 나에게 나는 너에게 할 이야기가 있다는 것이다. 사람명상, 사람이 사람을 화두로 붙들고 쓰는 소설이 그것이다. 명상스마트소설로 칭하는 그것.

노랑 웃음 _ 98

뱃속을 비우지 않고는 음식을 채울 수 없다. 비워라. 이 말은 몸의 도道다. 그런데 모두가 음식 대신 욕심을 채우고 있다. 이것이 문제다. 참 욕심이야말로 물이면서 밥이다. 이 생각의 생각을 낳는 생각이 사람 속에 들어가 배가 나오면 인격은 없는 것이 되고 만다. 인격은 욕심하고 무관하다. 욕심 부려 인격에게 다가갈 수 없다는 것이다. 아주 혼돈스럽지만 욕심의 배와 음식의 배는 다르다는 것이 정직한 평가다. 잘 늙어야 한다. 욕심은 철들지 않는다. 그래서 나이가 들어 하초가 불근거리면 추한 죽음을 맞는다.

그는 노랑 죽음을 맞이하고 있었다. 쉽게 이해되는 말로 그의 죽음을 풀자면 목구멍에 암이 생겨 황달로 얼굴이며 목, 그리고 전신이 노랗게 물들어가고 있었다. 사람이, 아니 사람의 살가죽이 이처럼 노랑으로 물들 수 있다니 죽음의 신비였다.

그가 나를 꼭 보자고 한 까닭을 나는 안다. 우리가 나눈 정감의 순도를 노랑 빛으로 싸안고 가겠다는 것이었다. 그의 딸이 전화했을 때 나는 문병 가겠다는 말을 하지 않았다. 아무 말도 하지 않은 그 침묵이 오히려 나를 그에게 끌고 갔다.

병상에 누운 그가 문병 온 나를 보고 노랑 웃음을 웃었다. 그 웃음에 나는 뇌살당하는 기분이었다. 언젠가 우리는 서로의 배꼽을 잡듯 많이 웃었던 기억이 났다. 그때 그는 내게 물었다. 지금 내가 보여? 아니, 안 보여. 너무 웃어서 앞이 노랑이야. 노랗다고? 그래. 그것이 내 실체다. 뭐야, 자기가 노랑 웃음이라고? 확인하는 날이 올 거야. 나는 뇌 속이 노래졌다. 이렇게 그 말들의 실체를 꼭 보여주고 가겠다고 그는 나를 보자고 한 것이다. 나는 그의 노랑 손을 몇 번 잡아주고 울울한 기분이 북받쳐 병실을 나서고 말았다.

병원 옥상 정원휴게실에서 나는 하염없이 눈물을 흘렸다. 환시 환청으로 나는 또 다른 나를 만났다. 손등으로 훔친 눈물이 노랬다. 그의 음성이 들려왔다. 노랑 울음 그만 울어. 그래, 노랑 죽음은 노랑 웃음이다.

시는 그림에 떨고 그림은 시에 떤다 _ 99

묻지도 가르치지도 않는다. 배워서 써 먹을 곳이 없다. 그러니 색도 빛도 다 죽을 수밖에 없다. 이미 다 배워버린 말세는 혼돈이다. 돈이 아이를 낳고 아이가 돈을 낳는 혼돈, 돈똥의 순환이다.

모른다, 헤아릴 수 없다. 그것은 시작이며 끝이다. 색이 색을 말하는 것은 이미 지나갔다. 이제 색은 색이 경험한 빛깔을 모른다. 그저 떨릴 뿐이다.

너는 나를 만들고 나는 너를 만든다. 그 첫 시작은 술자리에서 발동이 걸렸다. 예쁘다, 잘 생겼다가 아니라, 말하자면 개성이 있어, 색깔이 있어 서로 끌렸다. 너는 그림을 그리는 여자, 나는 시를 쓰는 남자, 서로 끌어안은 태극이 되었다.

"그리고 그리고 그리다 보면 그림은 없어지고 흰 여백만 남는 것이 그림이란 말 사실인가요?"

"그건 시시한 시인의 말이죠?"

너는 답은 말하지 않고 내게 무안을 안겼다. 이런 이상한 만남의 발단이 용심을 일으켜 술만 퍼마시게 했다. 어쩌자고 네 몸 내 몸은 술인지 물인지 가늠을 하지 않고 들이켰다. 그리고 소위 서로는 언어가 절切했다. 우리는 처음 만나 할 말은 많은데 말이 끊어진 자리에서 술잔만 주고받으며 서로를 향해 절하는 격식을 차렸다. 그렇게 그림을 향한 시를 향한 술잔만 넘쳤다. 너무 많이 마신 술의 밤은 아주 깊어 푸르렀다.

"가자, 우리 장미여관이 아니라 시인여관으로!"

그 말로 너는 내 가슴에 그림을 그렸다. 시인의 감성이, 그놈의 단순성이 화가인 너에게 탄복해버렸다.

"그래, 시인여관! 좋지, 가자!"

술이 수리수리 마수리였다. 주술적인 시인여관의 그 밤, 우리는 술기운을 벗는다며 살거죽까지 벗어버렸다.

그리고 너는 나를 만나기 위해 내 속에서 헤엄치고, 나는 너를 만들고자 네 속에서 헤엄쳤지만 닿아야 할 끝은 어디에도 없는 거야. 너와 나의 이 부조리를 너는 그림으로 나는 시로 읊어야 하는데, 살거죽을 벗긴 몸이 너무 아파 아픔을 그림으로 시로 그리자며 우리는 서로의 속에서 빠져나왔다. 환희의 소리로 찢기어 벗기운 아픈 몸의 말을 너는 그림으로 그리고 나는 시로 옮기는 장인이 되고자, 우리는 환쟁이 시쟁이로 돌아섰다.

너도 나도 다행히 그림에 시에 서서히 넋을 놓다가 미쳐들었다. 실로 고백하자면 아픔을 잊기 위해 시춤 그림춤을 추는 것이었다. 서로를 속인 아픔, 나는 너에게 건너가며 이것이 시지? 너는 나에게 건너오며 이것이 그림이야. 그리고 우리는 살을 섞으며 이것은 섹스가 아니라 벌거숭이 그림, 벌거숭이 시를 훔치는 도둑질이라 했다. 그러나 시인여관의 아침은 벌거숭이 시도 그림도 사라진 육신덩어리 욕망덩어리를 확인시킬 뿐이었다. 그리고 아주 진한 꿈 부스러기를 들고 너는 그림에게 가고, 나는 시에게 돌아가 아무 말이 없었다.

아픔은 시간이 흐를수록 낫지 않고 앓는 소리를 냈다. 미쳐버려 미쳐버려, 하기야 미쳐서 나는 너를 헤엄쳐 건넜고, 너는 나를 오르고 올라왔지. 아, 그 건너고 오르는 소리의 빛 만지며 비로소 너는 시인을 그리고, 나는 화가를 시로 읊어내기에 이르렀다. 너의 전화 음성이 믿기지 않았다.

"내 작업실에 한 번 와."

"작업실 공개는 벗은 몸 보이는 거라더니. 어디 아파?"

"그래, 많이 아팠는데 이제 깨끗이 다 나았어."

"몸이 싱그럽겠네."

"아니, 마음이 아주 그래."

마음을 그림으로 보여주듯 너는 '그래'라는 말을 한다. 그 말은 나를 팽개치고 시만 끌고 너에게 간다. 마침내 나는 너의 그림 앞에 몸만 영혼 없이 섰다. 몸을 비운다는 것, 리르바나로 호흡을 멈춘다는 것, 사랑은 그림자의 웃음이라는 것, 그런 무엇들이 순간 멈췄다. 고요가 형상의 꽃을 피웠다.

아, 여자와 남자가 겹쳐 있는 이것이 그림인가. 서로의 몸을 옷으로 입고 있는 형상은 구상이면서 추상이다. 시의 메타포아적 겹. 그림의 남자가 몸을 떨었다. 나의 빈 몸이 눈물을 흘렀다. 너는 내게 다가와 내 몸속으로 들어와 속삭였다.

"몸은 항상 비어 있어야 해."

"비우면 보인다는 거지?"

"그래, 떨림이 눈물로 보이잖아."

비로소 내 몸에서 너의 마음의 옷이 흘러내리고 너의 몸에서 내 생각의 옷이 벗겨졌다. 이 현상으로만 너를 얘기하고 나를 말하자면 네가 나보다 한 수 위다. 그새 너는 나를 읽는다.

"지금 떨려, 시가 시시할수록 그림의 떨림에게 가 닿는 거지."

한마디도 하지 않았다 _ 100

평생을 금빛 말씀으로 후생들을 가르치며 살았음에도 죽음의 잠에 들 때는 한마디도 말한 바가 없다고 한 사람이 있다. 살달타, 그는 깨달음의 꽃 부처가 되었다. 나는 그를 안다 하고 그의 영향력을 말하려 들면 그는 내 안에 숨어버린다.

'아, 나는 어찌 이 숨은 꽃을 말하랴.'

나는 꽃을 꺼내들고 미소 지으세요, 미소 지으세요! 외치며 남은 시간 살기를 소원한다. 하지만 눈먼 세상 눈먼 나는 미소 대신 여덟 글자를 떠올린다.

행행도처 지지발처行行到處 至至發處_출발한 곳이 마침내 끝나는 곳이다, 끝나는 곳이 다시 출발하는 곳이다.

그렇게 생은 돌고 돌아서 원이 된다.

'둥글고 원만한 동그라미.'

그렇다. 너도 원이고 나도 원이다. 원이 원을 만나서 원을 바라본다. 너와 나는 하나의 원이다. 원은 말한다. 나도 원이고 너도 원이다. 그렇다, 너도 원으로 없고 나도 원으로 없다. 여기서 원의 명상은 축복의 동그라미, 은총의 동그라미가 된다.

이 말은 명상할수록 아름답다. 너는 내 안으로 들어와 버리고 나는 네 안에 들어가 버렸다. 그렇듯 너와 나의 생은 둥글고 원만한 원이라는 뜻이다.

'원은 밖이자 안이다.'

이것이 원의 바라보기 법칙이다. 원은 밖에서도 보고 안에서도 본다. 그리고 돌고 돈다. 팔방 안을 돌고 도는 원, 인생은 여덟 글자 '행행도처 지지발처'가 만든 원을 나와서 원 속으로 들어간다.

'이것이 모든 동그라미의 있음이다.'

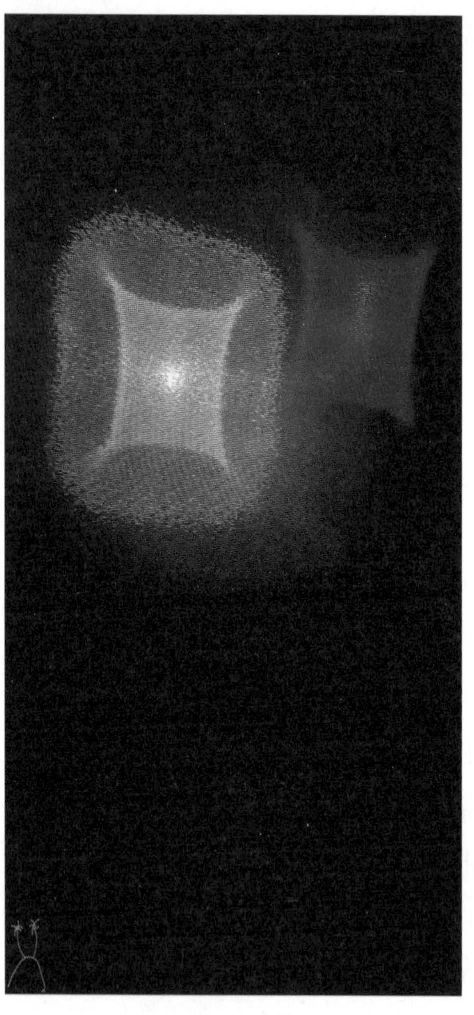

| 해설 | **김종회** 문학평론가

축약의 언어와 확장의 어의語義

— 황충상 명상스마트소설 『사람나무』 깊이 읽기

왜 여기에 명상스마트소설인가

황충상의 스마트 이야기들을 묶은 『사람나무』는 '명상冥想' 소설이다. 명상이란 말은 '눈은 감은 채 차분한 마음으로 깊이 생각한다.'는 뜻을 가졌다. 이 간략하고 깔끔하고 산뜻한 소설집은 그러나 그 외양과는 달리 쉽사리 책장을 넘기기 어렵게 하는 생각의 축적과 사상의 심층을 끌어안고 있다. 거기에는 작가의 지난날 체험이 아로새겨진 불교적 사유가 침전되어 있고, 동시에 오랜 세월의 족적이 실린 문단의 경륜이 결속되어 있다. 더 나아가 이와 같은 명상의 문필은 이 영역에 대한 오랜 단련과 자기점검이 없고서는 불가능한 글쓰기 형식이다. 지식이 쌓여 지혜를 이루는 것이 아니듯이 세월이 흘러 깨우침에 이른 것이 아니다.

마찬가지로 빈번한 노력이 내면의 성취를 이룬 것 또한 아니다. 이 한 권의 단행본 소설집이 표방하는 바, 축약된 언어를 통한 확장된 어의語義는 결코 쉽거나 가볍지 않다. 거기에 생애를 일관해 온 이 작가의 결곡한 품성, 영혼의 바닥을 두드려 보려는 종교성의 핍진한 경향이 잠복해 있는 까닭에서다. 책을 통독해 보면 그러한 내포적 차원의 낮고 잔잔한 목소리와 인생세간에 대한 분별의 눈길을 만나게 된다. 그런가 하면 말과 글과 세상과 사람을 전혀 새롭게 응대하는 세계인식의 방식, 사소한 삶의 굴레를 벗어젖힌 자유로운 담론의 응집을 목격하게 된다. 그러므로 이 소박하면서 단련된(?) 소설집은 하나의 도道에 이르는 문학의 길이며, 문학이 어떻게 도를 실현할 수 있는가를 보여주는 지침서에 해당한다.

『사람나무』가 스마트소설인 것은, 작가의 이름 '황충상'을 병기竝記하는 것만으로도 충분히 설명이 된다. 주지周知하다시피 그는 스마트소설의 창달자요 진흥자이며 실제 창작을 통해 그 범례를 적시摘示해 온 당사자다. 그런 만큼 그는 어느 누구보다도 스마트소설이 어떠해야 하며 왜 지금 여기서 스마트소설인가를 가장 효율적이고 설득력 있게 해명할 수 있는 책임자다. 짧고! 암시적이며! 이야기의 깊이가 있고! 때로는 반전의 구성 기법을 보여주는 소설! 쓰는 이는 촌철살인의 발의를 담고, 읽는 이는 이심전심의 수용을 이루는 아름다운 상호 소통의 경계境界! 우리는 이러한 소설적 형성의 모형을 일러 스마트소설이라 호명하는 터이며, 그 가장 현양한 모범으로 이 소설집을 제시할 수 있다.

그동안 수많은 스마트소설이 창작되고 또 그 이전에 '엽편소설'이나 '미니픽션' 등의 이름으로 유사한 소설들이 여러 지면에 얼굴을 보여 온 것이 사실이다. 하지만 이렇게 본격적인 명호를 내걸고, 더욱이 '명상'이라는 특유한 채색을 부가하여 상재된 소설집은 없었다. 이 책을 스마트소설의 창달과 현양에 있어 교과서적인 표본으로 간주하는 것은 바로 그 때문이다.

책의 첫 작품 '모른다나무'는 설악무산 오현당의 『벽암록碧巖錄』 '역해'와 '사족'을 읽고 작가 자신의 사념을 줄잡아 쓴

것이라 한다. 항차 오현 스님은 동시대의 출세간과 세간, 사찰과 세상의 경계를 넘나들며 선문답을 던지던, 특히 '문학'을 잘 알던 '고승'이었다. 오현당의 명상스마트소설을 보는 글은 간단명료하고 선적이다.

> 글이 순정할 때 자연의 세계를 열어 보인다. 그러기에 글이 참스러울수록 '사족'과 통한다. 시와 소설이 없는 것을 있는 것으로 보여주고자 뱀의 없는 발을 발톱까지 잘도 그려 보이지 않던가.

오현당이 보기에 자연의 세계를 열어 보이는 것이 순정한 글이다. 있는 그대로의 '자연'과 설명이 부가된 '사족'은 서로 다른 것이 아니다. 이를테면 시나 소설과 같은 문학의 세계, 예술의 세계에서 특히 그렇다. 문학이 가진 허구의 강점을 이렇게 요연하게 설명할 수 있다니! '뱀의 없는 발의 발톱'을 그려 보이는 문학은, 그 사족의 언어는, 현실의 이야기보다 훨씬 더 사실적이고 감각적이며 설득력이 있는 것이 아니던가. 오현당은 문예이론을 학습한 이가 아니면서, 문학의 본령이 무엇인가를 정확하게 짚었고 동시에 황충상 명상스마트소설의 입지점을 가장 강력하게 변론한 것이다. 이 말없는 대화는 두 분 다 고수(?)의 반열에 들었다는 후감을 불러온다.

실제로 이 책에 수록된 글 가운데는 오현당을 소재로 한 작품이 여러 편 있다. 거기에는 세속을 초탈한 탈속의 승려가 있는가 하면 혈과 육을 함께 가진 일상의 생활인이 있기도 하다. 비단 오현당뿐이겠는가. 글을 쓰는 작가 자신도 그 양가적 원리를 삶의 내면에 깊이 갈무리하고 있을 것이 불을 보듯 밝다. 『반야심경』이 가르치는 불교의 가장 원론적이고 보편적인 진리, 색즉시공 공즉시색色卽是空 空卽是色이 곧 이러한 마음자리에 걸쳐져 있지 않겠는가. 기실 이처럼 사상적으로 자유로우며 우주론적으로 넓게 펼쳐진 인식의 눈으로 볼 때, 작가의 촉수가 다다르는 세상살이의 범주는 그칠 데가 없고 구애될 바가 없겠다. 한정적이고 물질적인 색色의 세계와 평등하고 무차별한 공空의 세계가 서로 다르지 않기 때문이다.

있는 내가 없는 나에게 이야기하고, 없는 내가 있는 나에게 이야기한 이 글을 허공에 뿌린다. 이야기의 씨앗이 누군가 마음밭에 떨어지면 무슨 색깔의 꽃을 피울까. 아득한 생각이 기대와 그리움을 낳는다.

작가의 심중을 아우르는 글이다 '있는 나'와 '없는 나'는 동일인이면서 동일인이 아니다. 물리적 개체는 동일하지만 정신이 분화된 세계에서는 분명히 구별되는 인식의 주체다. 이처럼 서로 탄력성 있게 맞서 있는 인식상의 대립적 구도는, 강력한 자기성찰과 내향적 탐색의 방향성을 촉발한다. 이들이 나누는 이야기의 씨앗이 세상에 착근着根하여 새롭게 꽃피는 날에 대한 '아득한' 생각은 기대와 그리움을 동반한다. 그런데 이렇게 '색'과 '공'을 하나의 가늠대 위에 놓고 거기에 스스로의 삶이 가진 주체적 형용들을 하나씩 결부해 나가는 것은, 이 소설집에 실린 작품들이 한결같이 공유하고 있는 구조적 특성이다. 작가는 이 '명상' 소설들을 통하여 이를 검색하고 검증해 보려 작심한 듯하다.

세상 어디에도 '모른다나무'는 없다. 그런데 나는 왜 그 나무가 세상 어딘가에 자라고 있다고 믿을까. 이 믿음의 생각이 나를 힘들어 하게 만든다. 믿음대로 그 나무가 자라는 것이 아니라 초심자의 화두처럼 망상이 망상을 낳고 그 망상이 낳은 허상들이 서로 허망하다고 다투는 까닭에 나는 내가 아닌 지경을 헤매고 있다. 참으로 죽을 맛이란 이런 것이다.

'그 허상의 나무를 어떻게 이야기해야 할까.'

뿌리도 없고 가지도 없고 잎도 꽃도 열매도 없는 나무의 이야기, 나는 오히려 이 '모른다나무'에 대한 이야기를 어렵게 만들고 있는지도 모르겠다. 그렇다고 여기서 모른다나무를 모른다 할 수는 없다.

— 중략

그리고 오현 화상은 돌아앉아 히죽 웃었다. 그 웃음을 보는 순간 문득 나의 생각이 트였다.

'불교의 문자를 허물어버린 화두 모른다나무는 화상의 저 무미한 웃음을 먹고 자랐다. 그리고 달마는 그 나무에 목을 매달았다. 그래서 화두 모른다나무를 참구하면 죽을 맛과 살맛을 넘나들게 되는데, 그 맛이 깊어지면 죽은 달마의 맛을 통해 예수의 부활 맛을 알게 된다는 것이다.'

이 소설집의 서두를 장식하고 있는 첫 글 「모른다나무」 중 일부다. 나무는 산이나 들이나 뜨락에서 자랄 수도 있고 아무런 형체 없이 내 마음밭에서 자랄 수도 있을 것이다. 문제는 나무를 응시하는 나의 인지적 상태요 수준이다. 이 논의의 진진한 심층을 관찰할 수 있다면 '명상' 소설의 독자로서 튼실한 자격을 갖추었다 할 터이다. 결국은 깨우침의 지경을 예시하는 형국인데, 그 본류의 한 대목으로 오현 화상이 등장한다. 필자도 몇 차례 친견親見한 바 있는 화상은, 기실 종잡을 수 없는 인물이었다. 득도의 고덕古德이 거기 있는가 하면 누항陋巷의 속인이 거기 있었다. 그러기에 색과 공의 논리를 한 인격 개체에 적용하여 설명하기에 더할 데 없는 모범답안이었다. 이 소설집이 지속적으로 오현 화상을 탐색하는 것은, 어쩌면 그가 원론과 실상을 함께 보유하고 있어서일 터이다.

말 없는 곳의 길, 또 길 없는 곳의 말

항을 달리했지만, 앞의 인용문에서 한 가지 그냥 넘어온 대목이 있다. 오현 화상의 언술은 그렇다 하더라도, 또 느닷없이 달마가 '그 나무에 목을 매달았다.'도 그렇다 하더라도, '화두 모른다나무를 참구하게 되면 죽을 맛과 살맛을 넘나들게 되는데, 그 맛이 깊어지면 죽은 달마의 맛을 통해 예수의 부활 맛을 알게 된다는 것이다.'는 도대체 무슨 말인가. 깊이 있는 철리哲理인가 아니면 언어적 요설饒說인가. 배움이 모자라고 천성이 아둔한 필자로서는 해명할 길이 없으되, 이는 깨달음의 극점에 이르렀을 때 하나의 사상 체계를 관통하여 서로 상반된 종교의 소통에까지 도달하는 개안開眼과 개명開明의 경지를 지칭하는 것이 아닐까.

불교가 가진 보편타당성의 교리와 기독교가 가진 절대타당성의 교리는, 불교의 영역에서는 상호 수용이 가능하지만, 반대로 기독교의 영역에서는 접근 자체가 불가능하다. '자비'와 '사랑'이라는 절대선이 궁극에 있어서는 하나의 강역疆域에 과녁을 둔 화살이라 할지라도 그에 이르는 과정의 동선動線이 판이한 것이다. 그런데 과연 이 글의 논의는 두 개의 거대한 종교적 경전을 뛰어 넘어 '죽은 달마의 맛'과 '예수 부활의 맛'을 하나의 접점으로 연계할 수 있다는 말인가. 전기적 사실에 비추어 보면 이 작가는 두 종교의 요체를 집중하여 학습할 수 있는 시기를 거쳐 왔다. 그렇지 않았다면 이렇게 짧지만 동서양의 사상과 문명, 그리고 종교를 겹친 꼴 눈길로 관찰하는 일은 시도조차 불가능했을지도 모른다.

> 달마와 예수는 물놀이의 달인이었다. 사람들은 이 달인의 경지를 두 가지로 평가한다. 물 위를 걷는 것과 서서 떠가는 것은 다르다. 같다. 이 두 가지 믿음의 눈이 신앙을 낳았다. 나의 예수님은 당신의 의지대로 자연을 명령하고 다루었어. 너의 달마는 자신의 의지 없이 자연의 힘을 빌었잖아.

「태양을 훔치러 왔다」라는 글의 서두인 이 예문은 두 종교가 가진 공동선의 지향점에 대한 생각 이외에, 두 종교가 가진 변별성에 대한 생각을 내보이는 경우다. 거기에는 종교성의 심오함이 개재되어 있는 듯하여 이를 언급하기에 조심스러우나, 양자가 어떻게 다른 지점에 서 있는가를 분별하는 관점은 분명해 보인다. 그런데 왜 불교의 대표적 상징으로서 여러 처소에 달마가 출현하는 것일까. 달마는 중국 6세기 초 남북조 시대의 선승仙僧으로, 인도에서 바닷길로 중국에 와서 선종의 초조初祖가 되었으며 불교를 새롭게 혁신했다. 그의 선종은 이 작가가 이 책에서 간단없이 추동하는 '명상'의 본질에 맞닿아있다.

해를 먹으면 해를 낳는다. 만고 진리다. 그런데 어둠이 어둠을 먹으면 밝음이 된다는 소리는 뭘까. 밤 속에 낮이 있고, 낮 속에 밤이 있다는 확인이다.

밤이 대낮에게 외쳤다.

"어떻게 밝은 낮을 어둔 밤이라 하느냐?"

"서서히 아주 서서히 밤을 먹고 낮이 되었거든."

여자가 남자에게 은밀하고 낮은 음성으로 속삭였다.

"오늘 밤 내가 너를 먹는다."

"그래, 서서히 아주 서서히 먹히는 거지."

아침에 남자는 여자가 되어 있었다. 먹고 먹히고 낳고 낳은 이것이 명백이다.

이 예문은 「참 똑똑스럽다」라는 글의 말미다. 우주자연의 순환 현상이 어느덧 남자와 여자의 교통交通으로 치환되고, 그 경과에 대한 일말의 설명조차 생략되어 있다. 기독교 경전은 이렇게 말 자체를 축약하지 않는다. 성경은 주요한 곳에서 직접적인 언급보다 상징과 암시의 표현법을 사용할 때가 많다. 그렇다면 이 예문에서 목도할 수 있는 언어 용법은 그야말로 '명상'적인 것이며, 불교의 선종에 훨씬 가깝다. 이 책이 오현당, 만해, 달마 등 한 시대의 획을 그은 고승대덕高僧大德들을 징검다리로 하여 논의를 전개하는 것은 그러한 배경 아래에 있다. 작가는 이와 같은 서술의 방식을 그가 필생의 업으로 수락하고 있는 '문학'을 응시하는 데도 그대로 대입한다.

그 문학의 존재론이 말 없는 곳에서 길을 내고 길 없는 곳에서 말을 이루는 것임은 불문가지의 일이다. 거기에 동원된 무형의 언어와 상상력의 작동은 어쩌면 백척간두 진일보百尺竿頭 進一步나 현애살수懸崖撒手의 정황을 불러올 수도 있겠다. 높고 긴 장대 끝에서 한 걸음 더 앞으로 나가는 것이나, 깎아지른 듯한 절벽에서 잡고 있는 손을 놓으라는 것은, 아주 미소한 자의식의 흔적마저 철저하게 버리라는 뜻이 아니겠는

가. 곧 마음의 길을 따라 그 각성의 자유로움을 누리되, 언어의 의미 및 용법에 속박되지 않는 새로운 차원의 글쓰기, 새로운 차원의 문학을 상정하는 것이 아니겠는가. 미상불 이 소설집 전반에 편만해 있는 문학의 유형이 그러하기에, '명상' 소설이라는 표찰이 가능했던 셈이다.

이 책에 실린 「헛기침」이라는 작품에는, "하긴 이 따위 말은 헛기침에 다름 아니다. 글은, 아니 소설은 좋고 나쁜, 크고 작은 것으로 이야기될 수 없다. 그저 소설은 소설일 뿐이다." 라는 해명이 있다. 소설을 두고 '꽥' 하고 소리를 지르거나 '할喝' 하고 탄성을 발하는 것으로 그 저변을 표출하는 선언적 의미망이 또한 거기에 있다. 작가는 마침내 '소설은 사기다.' 라는 결론에 이르는데, 이 때의 '사기'는 기술방식으로서의 허구나 소설에서 가능한 탈현실 및 초현실의 기능을 말하는 것이 아니다. 소설의 문면이 표방하는 이야기의 사실성 또는 진실성이란 것이, 우리 삶의 본질이나 한 인간의 영혼에 육박하는 데 한계가 있다는 뜻이다.

그것을 수납할 때 소설이 사기이며 사기인 소설이 소정의 문학적 역할을 수행하는 것이라 보는 것 같다. 이처럼 자신의 내부로 향하는 시야가 열릴 때, 「참 미안한 일이다」에서처럼 '화두 뒤쪽에서 시의 여자가 시를 벗고 투명한 몸으로 웃었다'와 같은 문학적 언표言表가 가능하리라 여겨진다. 시와 소설을 그에 대한 접근의 통로나 발화의 문법이 서로 다를 때가 많지만, 문학의 큰 범주 안에서는 동일한 존재태로 종속되어 있다. 이 작가가 소설 창작의 실제를 두고 모처럼 정색하고 정설로 진술하는 대목이 「묘봉은 없다」에 있다.

> 소설 창작에 있어 방편이 있다 없다 말들이 많다. 그런 사람들은 대개 소설을 배우는 사람이거나 생각으로만 쓰는 사람들이다. 그래서 소설을 제대로 쓰는 사람은 일갈한다. 방편이 있다 해도 소설을 쓰는데 도움이 안 되고, 없다 해도 소설 쓰는 데 도움이 안 되기는 마찬가지다. 여기서 소설은 소설에게 답한다. 허구의 길에 묘봉(신묘로운 봉우리)이 있다면 그것은 신기루다. 대중의 허기를 채우는 신기루.
>
> — 중략
>
> 그렇다. 소설의 방편은 '묘봉이다.' 하면 이미 묘봉을 지나쳐버린다. 이것이다 하지 말고 그냥 가야 한다. 입을 열고 닫고, 항문

을 열고 오므리며 가다가 보면 진리의 순박한 빛이 발등을 비추기도 하고 사라지기도 하는 것이다.

큰 소설가는 묘봉이 없다에도 매이지 않는다. 그 달관은 그가 쓰는 소설 도처에 묘봉을 만들면서도 묘봉으로 읽히지 않는 그 무엇을 만든다. 그 무엇, 그것은 시간을 초월하여 영원한 본격의 순수가 된다.

'묘봉은 없다'라고 표기된 글의 제목, 그리고 '큰 소설가는 묘봉이 없다에도 매이지 않는다.'는 언술을 함께 살펴보면, 그에게 있어 소설 또는 문학이 모두 유무상통有無相通의 평행선 위에 있다. 그런 연유로 「말할 수 없는 말」에서는 소설에 대해 "뒤집고 멈추지 않으면, 그 틀을 깨지 않으면 이야기는 이야기일 뿐 소설이 될 수 없다."고 단정한다. 그러한 전복顚覆과 해체의 사고를 운용할 때 비로소 "뒤집고 뒤집히는 이야기를 멈추고 이야기 속에서 빠져나오면 거기서부터 이야기는 소설이 된다."는 부연敷衍이 가능하다. 더 나아가 '소설은 아픔으로 끝나서 다시 생성하는 기쁨의 이야기로 부활한다.'는 구체적 응용도 가능해지는 것이다.

사람이 있고서 글, 꽃보다 사람

십년수목 백년수인十年樹木 百年樹人이란 옛말이 있거니와, '사람'은 모든 경영의 처음이자 끝이다. 문학인들도 이에서 자유로울 수 없으며 명상스마트소설인들 이로부터 먼 거리에 있지 않다. 황충상의 이 소설집에도 '사람'에 대한 동경과 존중이 다양 다기하게 산포되어 있다. 익명의 스승을 통해 가르침을 받는 「숨 안 쉬는 것 좋다」, 중국의 승려 덕산德山과 뱀 이야기를 쓴 「없다 없다」, 설봉雪峰과 손 이야기를 쓴 「손 이야기」, 운문雲門과 '좋은 날'을 쓴 「뼈꽃」 등이 모두 사람을 통한 깨우침의 묘리를 궁구窮究한다. 세상 사람들의 인간관계야 A.랭보의 시 "계절이여 마을이여 상처 없는 영혼이 어디 있는가"에서처럼 아픔과 슬픔에 초점이 있지만, 도道의 길에 들어서면 오직 깨달음의 경지가 우선인가 보다.

앞서도 살펴본 바 있지만 이 글에서, 그리고 이 글을 통해 유추되는 작가의 생애에 있어서 설악무산 오현당의 비중은 크게 값나가는 보석처럼 여러 방향으로 빛나고 있다. 오현 스님이 지용문학상을 받았을 때의 감회를 기록한 「시인이 무엇이냐 시가 히죽 웃었다」와 백담사 만해마을에서 환생(?)한 만해 스님이 조용히 마음에 오는 환각을 기록한 「만해는 없다」 등의 작품은 모두 오현당을 기억하는 그 언저리의 글이다. 이 글들의 '연원淵源'에 해당하는 오현당의 『벽암록』을 시술하는 「집착이 보인다」나 '돈'을 대하는 오현당의 그릇을 서술하는 「부처도 소설도 똥이다」 등의 작품은, 단순히 그를 흠모하는 문인文人이나 학인學人의 눈으로 쓴 글이 아니다. 그의 기인 행각奇人 行脚에서 한 시대를 획하는 각성과 지혜를 얻은 이의 감동을 적고 있는 것이다.

달마는 갈대 잎을 타고 강을 건넜고, 예수는 갈릴리 호수를 평지처럼 걸어갔다. 그것은 오로지 신앙의 일로 만들어진 말이라며 오랜 세월토록 믿지 않다가 과학이 발달한 이즈음에야 사실이라고 믿는다. 미신이 과학을 믿고 과학이 미신을 믿는 것이 아주 자연스러워졌다. 이제 사람이 마음만 먹으면 그대로 되지 않는 일이 없다고 믿는다는 것이다.

실로 우리는 아무 뜻도 뭣도 없이 자신을 놓아버린 가벼운 정신, 소위 빈 마음의 무게만으로 발을 내딛는다면 물 위를 걸어갈 수 있다는 의식을 갖게 되었다.

그의 각성, 그로부터 얻은 지혜는 우리가 상식적인 감각으로 재단할 수 있는 범속한 것이 아니다. 어쩌면 작가 자신도 스스로 각성한 것의 함의含意를 모두 인지하지 못할지도 모른다. 「무엇을 말했다 할까」의 일부인 위의 예문을 주의 깊게 음미해 보자. 달마와 예수의 '물 위 걷기'를 언명言明하고 "그것은 오로지 신앙의 일로 만들어진 말이라며 오랜 세월토록 믿지 않다가 과학이 발달한 이즈음에야 사실이라고 믿는다."고 규정한다. 이 짧지만 강력한 단정은, 과학과 신앙의 상관관계를 매우 과감하고 독특하게 풀어 보이는 언사다. 정 반대의 방향성을 가진 두 집단을 이토록 단순 명료하게 정의할 수 있다면, 글 이전에 그의 정신과 영혼의 세계가 이미 한 차원 다른 곳으로 진입한 듯하다. 말하자면 이 책의 글들이 그러한 높이의 차원에서 시현示現되고 있다 할 것이다.

「발이 마음이다」라는 글에서는 작가의 스승 동리 선생을 회억回憶하고 있다. 선생이 쓴 소설 「등신불」을 '선禪 소설'로 읽고 있으며, 그것은 소설이 참으로 미궁인 인간 실존의 부조리를 보여주기 때문이라 했다. 이처럼 그가 사숙私淑하거나 훈육訓育을 받은 이들과의 관계는, 개별적인 인연이 우선이 아니라 그 선진先進의 인물이 표방하는바 삶의 근본에 대한 훈도訓導에서 기인한다. "동리 선생은 뜨거운 불의 뜻에 가까이 가고자 발로 말을 밟아 등신불을 찾아 그렸다. 그리고 선생은 불의 맛에 가 닿았다. 발이 마음의 길을 완주한 일원상, 등신불 이야기가 그것이다."라는 새로운 판독은 가히 괄목할 만한 해석이다. 세상의 어느 「등신불」론도 이처럼 적확하고 참신하기 어려울 것이다.

태양 빛은 매일 새롭다. 그 빛이 80년을 넘보는 후명을 스쳐 지나가고 있다. 내가 후명에게 물었다.

"그대 얼굴에 쌓인 생의 빛 얼마나 두터운가?"

그의 얼굴에 어떤 그림자가 스치고 지나갔다. 그는 고개를 돌려 옆에 앉은 제자를 빤히 바라보다가 일렀다.

"네가 대답해라. 지금은 네가 나다."

그 스승에게 그 제자라는 말은 맞기도 하고 틀릴 수도 있다. 나는 긴장했다. 후명의 문도 중에는 글로 사람을 낳는다하기에 이른 여러 소설가가 있다. 오늘 또 한 제자를 인가하지 싶은 것이었다. 제자의 눈이 반짝 빛나고 입이 열렸다.

"우리 선생님 얼굴의 빛은 눈 코 귀 입이에요."

이 무슨 선문 선답인가. 나는 당황했다. 그의 음색이 후명의 눈 코 귀 입에서 빛으로 새어 나왔다.

— 중략

내 거울에 와서 후명이 얼굴을 본다. 그러고 묻는다.

"나는 이제 어느 문으로 나가야 하나?"

답이 없는 물음이다. 거울인 나와 거울에 비친 후명이 서로 "너에게 묻는 거야." 할 뿐이다. 그러다 문득 후명은 어느 문으로 빠져 나갔다.

오늘도 나는 참구한다.

'그가 나선 문은 어느 문일까?'

작가가 심허心許하는 오랜 벗이자 두 살 위의 동급 문인인 윤후명을 두고 쓴 글로, 「빛의 네 구멍」이란 제목을 가졌다. '후명'이 80년을 넘보고 있다면 작가 또한 그렇다. 작가가 던진 화두는 '그대 얼굴에 쌓인 생의 빛이 얼마나 두터운가'이다. 여기에 조주선사 일화를 덧붙여서 답이 없는 물음, '어느 문으로 나가야 하나'를 제기한다. 그에게 있어 '후명'은 단순한 친분의 동료가 아니다. 문학의 길벗이자 인생 탐구의 도반道伴으로 서로를 거울처럼 반사하는 행복한 동역자다. 이러한 동행이 이 세상에 사는 동안 단 한 사람만 있어도 그의 생애는 외롭거나 쓸쓸하지 않고 무가치하거나 무의미하지 않을 터이다.

「내가 있어 네가 있다」라는 글에서는, "모든 있음에 대한 물음은 답이 없는 답으로 있음이 극명해진다. 그래서 가만있어야 한다. 물으면 물을수록 답 속을 헤매거나 오히려 답에서 멀어져 모르게 되기 때문이다."라는 기록이 보인다. 이 작가가 소중하게 간주하는 인간관계란 결국은 이처럼 불립문자교외별전不立文字 教外別傳의 유형에 입각해 있는 것이다. 그에 잇대어 견성오도見性悟道의 길이 곧 삶이요, 문학이요, 명상스마트소설이라는 강고한 확신 속에 이 글들이 살아 있다. 곧 언어도단言語道斷이면 심행처心行處라는 정신주의자들의 논리 위에 소설, 그리고 명상스마트소설이라는 생각의 집을 지은 고투의 결과가 지금 여기에 이른 황충상의 문학이 아닐까 한다. 이는 또한 오랜 기간에 걸쳐 문단 선배로서 그를 관찰하고 흠모해 온 필자의 관점이기도 하다.

황충상의 명상스마트소설 『사람나무』를 진중하게 통독하고 난 후감은, 이러한 유형의 소설이 다시 있기 어렵다는 것이다. 스마트소설이라는 명패로는 얼마든지 가능한 내용이요 형식이겠으나, 그 앞의 '명상'을 감당하기가 지난하리라는 이유에서다. 그 '명상'은 글쓴이의 체험이 머문 세월과 인내가 필요하기도 하겠으나, 그보다는 그것을 자신의 내부에서 용해하고 재생산하는 창의력과 결기가 요구되는 것이겠다. 다만 스마트소설이라는 이름과 더불어, 글의 진면목에 대한 이해가 너무 어렵고 많은 공을 들여야 한다는 단처가 남는다. 한 가지 더 '사족'이 있다. 소설이 작가와 화자를 분리하여 읽는 문학 양식임에도 불구하고, 이 글은 언술의 직접적인 발화를 감안하여 그 두 존재를 동일시하여 바라보았음을 밝혀둔다.